(fast) alles in Ordnung

1. Auflage Mai 2021

ISBN 978-3-96252-012-0

Umschlag von Vítor Rocha
Layout und Satz von Martin Pflanzer
In Brasilien erschienen bei Folhas de Relva, São Paulo, 2020
Druck und Bindung von Finidr, s.r.o., Český Těšín

MIX
Papier aus verantwortungsvollen Quellen
FSC® C014138

www.hagebutte-verlag.de

Luciana Rangel

(fast) alles in Ordnung

Crônicas

Aus dem brasilianischen Portugiesisch von
Lilli-Hannah Hoepner

Mit Illustrationen von
Vítor Rocha

Hagebutte Verlag

Für Victor und Arthur

Und Wiesen gibt es noch
und Bäume und
Sonnenuntergänge
und
Meer
und Sterne
und das Wort
das Lied
und Menschen
und

Rose Ausländer

Inhalt

Prolog oder Szenen aus der Vergangenheit

Er kam zur Welt, weil das eben der Lauf der Dinge ist. Und weil er einfach nicht mehr in den Leib seiner Mutter passte. Nach diesem unvermeidlichen Ereignis fristete er sein Dasein in der Wiege, in der Wohnzimmerecke zwischen Sofakante und Esstisch.

Er war kein kräftiges Baby. Er war nicht hässlich. Er war mager und still. In einem Haus voller Kinder reiht sich ein Tag an den anderen, es war allein wichtig, dass die Tiere und die Menschen, die da eng beisammen lebten, zu essen hatten und dass man wusste, wann es Zeit zum Sähen oder zum Ernten war.

Das Haus, das an einem heißen Flecken Erde stand, war mit Wohlstand gesegnet. Es gab kein Badezimmer, aber Mangobäume, Jabuticaba-Büsche und Bananenstauden – die Menschen waren arm, hatten aber alles, was sie brauchten.

Sie waren zufrieden, denn Probleme konnten ihnen nichts anhaben. Stirbt man, ist man tot, wird man bestohlen, ist es weg. Gibt es Essen, ist es gut, wenn es keines gibt, gibt es keines.

Die durch Flüsse und Seen verwobenen Strände, Sümpfe, Mangroven und Küstenlandschaften umspannten fast einen ganzen Kontinent. Aber im Alltag bewegen wir Menschen uns selten über einen Radius von zehn Kilometern hinaus. Manche brauchen mehr, manche weniger. Das Gesamtkunstwerk – ich empfinde das Leben als ein Kunstwerk – fügt sich aus einzelnen Dokumenten zusammen.

Der Junge wuchs heran, überlebte Krankheiten, das einfache Essen, die Impfungen, die aus Wasser bestanden – ein makabrer Witz auf dem Sterbebett von so vielen Josés und Marias, die bis heute nicht wissen, woran sie gestorben sind.

Es war ein Leben in zu engen und zerschlissenen Kleidern und mit einem Bleistift, um schreiben zu lernen. Friedliebend, wie er war, trug er verschlossen in seiner Brust die Verletzungen durch fremde Stimmen, die wahr werden, wenn man ihnen glaubt, aber doch eigentlich nur Laute sind, die andere Menschen absondern.

Die Schule, die die Kinder aus der Gegend besuchten, war ein Palast, verglichen mit ihrem Zuhause. Dort konnte man auf leeren Magen Latein und Französisch lernen und von einem besseren Leben träumen. Die Mutter, selbst Analphabetin, glaubte an die Bildung und wiederholte immer wieder den Satz, der später noch in den Ohren ihrer Urenkel widerhallen sollte: »Geh zur Schule. Und nur wenn du krank bist, kommst du nach Hause.« Das Lernen musste zur Gewohnheit, die Scham über die zerschlissenen und zu engen Kleider und den Bleistiftstummel überwunden werden. Es gibt unzählige Abstufungen auf der Armutsscala. Wir befinden uns auf einer Stufe, auf der der größte Feind nicht der Hunger ist. Der Hunger, die Entbehrungen sind alltäglich, aber der eigentliche Kampf geht gegen die Scham darüber, Hunger zu haben, gegen das Bescheiden-Sein. Das Unbehagen, arm zu sein, war allgegenwärtig. Wie auf dem Straßenfest das hübsche Mädchen zum Tanz auffordern? Seine Träume waren bevölkert von Heften, Büchern und anderen Dingen, die sich nicht leisten kann, wer arm ist.

Der Junge entwickelte sich und mit ihm das Land um ihn herum. Die Mutter wurde alt, die Geschwister gingen ihrer Wege. Er beendete die Oberschule und fand eine Anstellung als Laufbursche. Er lieh sich Bücher in der Nationalbibliothek und kehrte abends zurück nach Hause zur Mutter. Er aß mit den Studenten in der Mensa zu Mittag und schlang das Essen voller Angst hinunter, erwischt zu werden, denn er durfte gar nicht dort sein. An einem dieser Tage wurde ein junger Mann umgebracht und die Mensa blieb geschlossen. Es tat ihm leid um den Jungen, aber noch mehr schmerzte ihn, dass er seinen Gürtel ein Loch enger schnallen musste.

Er besuchte die Kirche mit seiner Mutter, aber mehr, um ihr Gesellschaft zu leisten. Er glaubte nicht an Gott, er hatte Vertrauen in sich selbst. Sein Chef glaubte an ihn und bezahlte ihm einen Schreibmaschinenkurs. Dann noch einen weiteren und dann noch einen für etwas, was es heute wahrscheinlich gar nicht mehr gibt. »Mein Junge, in São Paulo wird gerade so ein Gerät eingeführt, lass dir beibringen, wie es funktioniert.« Und so lernte er, ein Ungetüm zu bedienen, das sich über zwei Büros erstreckte. Heute passt es in eine Tasche.

Er war ohne Jacke aus seiner warmen Heimat nach São Paulo gereist und zitterte vor Kälte. Eines Tages kam er zum Unterricht und da lag ein in braunes Papier eingewickeltes Päckchen auf seinem Platz. Dazu ein Zettel auf dem stand: »Jetzt musst du nicht mehr frieren, Carioca. Schön, dass du hier bist. Liebe Grüße, deine Mitschüler.«

Die Zeit verstrich und schlug sich in unzähligen Postkarten an die liebe Mutter nieder. Zurück in der Stadt der Christusstatue und der Strände verbesserte sich das Leben für alle. Als seine zweite Tochter geboren wurde, beendete er das Studium. Wenn er von der Arbeit kam waren seine Taschen voller Bonbons und der Mund voller Geschichten. Er nahm die Töchter mit, um sich das Bauloch der Metro anzusehen. Veränderungen begeisterten ihn immer.

Nur eine nicht: Ein Tag, der für Millionen von Menschen schön war, würde für ihn furchtbar werden: Am Silvesterabend verließ ihn seine Frau. Die Töchter blieben. Es folgten schwere Zeiten, die Zwangspensionierung. Es fehlte an Fleisch und Obst, an Geld für Fahrkarten; aus Träumen wurden Alpträume. Sollte er seinem Leben mit 56 Jahren ein Ende setzen? Nein, das ging nicht, er hatte die Töchter. Es waren harte Jahre, der Blick aus dem Fenster der traurigen Wohnung, die er sich vom Scheidungsgeld hatte leisten können, ging auf eine graue Wand. Die abgetragenen Kleider, der Bleistiftstummel, das spärliche Essen. Nichts davon will man wiederhaben. Es waren Jahre voller Entbehrungen, in einer aschgrauen Wohnung, während er versuchte, als Makler Fuß zu fassen. Eines Morgens, beim Kaffee, den Kopf voller Alltagsgedanken, klingelte plötzlich das Telefon. Der Prozess gegen die Zwangspensionierung. Er hatte ihn gewonnen. »Komm mit, mein Kind wir gehen einen Scheck abholen.«

Auf dem Weg werden Pläne geschmiedet ... ein neues Auto, vielleicht auch ein Englischkurs. Das Büro riecht nach Schimmel und ist irgendwo in ein Bürogebäude im Zentrum von Rio gequetscht. Sollte sich hier mal jemand verlaufen würde er einfach sterben, denn niemand würde ihn je finden können. Nicht enden wollende Flure mit Zimmern und so vielen Zahlen, die selbst die Kenner verwirren dürften.

Lange warten sie, zusammen auf einem unbequemen Hocker. Die Tochter denkt an die Uni, sie wird die Vorlesung verpassen. Dann wird er aufgerufen und tritt ein. Er nimmt die Tochter mit. Er bekommt den Scheck überreicht und kann seinen Augen nicht trauen. »Doch, ganz recht, sie haben richtig gelesen. Herzlichen Glückwunsch!«

Ohne es fassen zu können unterschreibt er. Seite an Seite träumen sie, er und die Tochter.

Eine Reise nach Deutschland, ein Journalistik-Studium. Eine bessere Wohnung. Der Bleistiftstummel, die abgetragen Kleider und das spärliche Essen rücken immer weiter in die Ferne. Eine gute Gegenwart löscht die Vergangenheit voller Verachtung aus. Den beiden wachsen Flügel. Sie bemerken, dass sie gemeinsam im Bus schweben. Und niemand sieht es und niemand schert sich darum. Es ist wie in einem Film, in dem der Nebendarsteller zum Hauptdarsteller wird. Was nun kam, war gut. Reisen, Kuchen, Champagner, Restaurants, Sozialleben. Es gab Rückschläge, wie den Tod der Mutter und der Brüder. Das Altern ist nicht aufzuhalten und bringt Schmerzen aller Art mit sich.

Die Töchter zogen zehntausende Kilometer weit weg. Eine möchte zurückkommen. Wie in einem Kreislauf, in dem der Erde zurückgegeben wird, was aus ihr entsprungen ist. *Revertere Ad Locum Tuum.* Kehre zurück zu deinem Ursprung.

Widerstreben

Es gab eine Zeit, da hatte mein Vater die fixe Idee, Wellensittiche zu kaufen. Er kaufte sie, päppelte sie auf, bis sie groß und stark waren, und ging dann mit uns in den *Parque Lage*, um sie freizulassen. Kein einfaches Unterfangen. Er versuchte den Käfig so unauffällig wie möglich in den Park zu schmuggeln und keinerlei Aufmerksamkeit zu erregen. Aber oft wollten die kleinen Kerle einfach nicht davonfliegen. Vielleicht hatten sie Angst vor dem Unbekannten. Sie taten mir leid, und ich fragte, warum wir sie überhaupt freilassen müssen. »Werden sie nicht verhungern?«

»Schon möglich«, antwortete mein Vater. »Aber dann sterben sie wenigstens in Freiheit.«

Auf der einen Seite die Vögel, widerstrebend, auf der anderen mein Vater, hartnäckig. Mein Vater gewann immer. Die Vögelchen flatterten auf den nächsten Baum. Das neunjährige Mädchen hatte eine Ahnung von der Abstraktheit des Todes bekommen: Zweifellos war er etwas Schlechtes, aber die Vorstellung, in Freiheit zu sterben, war besser als ein behütetes Leben in Gefangenschaft.

So ließen wir monate- oder vielleicht auch jahrelang Wellensittiche im *Parque Lage* frei. Jedes Mal fiel es mir schwer, weil ich sie lieb gewonnen hatte. Ich sorgte mich um das Schicksal der Vögel.

Einmal lag ein Wellensittich tot in seinem Käfig. Ich war am Boden zerstört. Ich weinte mehr um die Freiheit, die er nie kennenlernen würde, als um seinen Tod. Keine Ahnung, ob das der Auslöser war, dass mein Vater damit aufhörte. Ich könnte die anderen fragen, die es miterlebt haben, aber ich habe Angst vor ihren Erinnerungen.

Die Erinnerung ist ein Sumpf, und ich mag meinen, so wie er ist. Mein Vater hat meine Vögel freigelassen, und ich werde sie nicht wieder einsperren.

Zugvogel

Ich brachte meine Söhne in den Kindergarten und schleppte mich nach Hause. Mein Flug ging am Nachmittag, ich musste die Koffer holen. Bis heute schnürt es mir die Kehle zu, wenn ich an diesen Tag denke. Die Kinder zurückzulassen und ohne einen Blick zurück ins Flugzeug steigen zu müssen – im vollen Bewusstsein, sie erst nach drei Monaten wiederzusehen – ist etwas, von dem ich mir wünsche, dass es im Laufe der Jahre aus meiner Erinnerung gelöscht wird. Meine Verzweiflung war so groß, dass mein Entschluss, die Reise anzutreten, wankte. Die Vorfreude auf die kommenden Monate war dahin. Wenn die Gegenwart schon so schlimm war, wie konnte daraus eine gute Zukunft entstehen? Drei Freunde schleppten mich zum Taxi, das mich zum zweithässlichsten Flughafen der Welt brachte: Berlin-Schönefeld. Der hässlichste ist zweifelsfrei der internationale Flughafen von Rio de Janeiro, der *Galeão*. Während der gesamten Fahrt ließ mein Gedankenchaos das Fenster beschlagen. Ich hatte versucht, neun Jahre in drei Koffer zu packen. Wie soll das gehen, ein Leben einpacken? Wie kann man Freunde und Erlebnisse mitnehmen? In einem solchen Moment an materielle Dinge zu denken ist Verdrängung – Verdrängung des Abschiedsschmerzes. »Tschüss, bis bald« zu sagen kann etwas Schönes sein. Wenn man »Tschüss, bis irgendwann« sagt, versteinert das Herz. Ich glaube fest daran, dass man an Sehnsucht sterben kann.

Die Stunden vor dem Abflug waren hart. Freunde baten meinen Vater um Hilfe, bemühten die ausgefeiltesten Theorien, um mir meine Ängste zu erklären. Es gibt aber keine Argumente, die eine Mutter davon überzeugen können, ihre

Kinder in einem anderen Land zurückzulassen. Trotz allem – ich weiß nicht wie – stieg ich völlig benommen ins Flugzeug. Das mag schwer nachzuvollziehen sein, aber im Leben versucht man eben, das Richtige zu tun.

Ich landete in Lissabon. Erst am kommenden Tag würde der Flug nach Rio de Janeiro weitergehen. Am Ausgang des Flughafens nahm ich einen Shuttlebus zum Hotel. Ich telefonierte mit Mutter, Vater, Schwester, Mann. Ich schlief nicht. Die Stunden verrannen zwischen den Kleidern, die ich abgelegt hatte, um mich und meine Gedanken klarzuwaschen. Ich wollte nach Hause. Um acht Uhr morgens rief ich das Reisebüro in Berlin an. Wenn ich mich beeilte, könnte ich die Koffer noch abfangen, bevor sie ins Flugzeug geladen wurden. Mein Telefon gab den Geist auf. Ich fühlte mich wie in einem Computerspiel, bei dem mit jedem Level die Herausforderungen wachsen. Aber wo ein Wille ist, ist ein Weg.

In Lissabon war ich nur die leere Hülle meiner selbst. Das Herz war in Berlin geblieben. Es war wie ein Organ, auf dessen Transplantation mein geschwächter Körper sehnsüchtig wartete.

Ich machte den Computer an und ging online. Ich konnte mit meiner Schwester und meiner Freundin Ana sprechen und die beiden halfen mir, einen Rückflug nach Berlin zu buchen, auch wenn sie mich nicht wirklich verstehen konnten. Aber in manchen Momenten funktioniert Verstehen nicht über Worte. Mein Kopf schwirrte. Ich musste mich zusammenreißen, um mein nächstes Problem anzugehen: Die drei Koffer von über dreißig Kilo konnte ich nicht mit ins Flugzeug nach Berlin nehmen. Mir blieben zwei Stunden, um eine Lösung zu finden.

»Bitte helfen Sie mir.« Ich konnte einen alten Portugiesen mit einem beinahe in seine Einzelteile zerfallenden Taxi davon überzeugen, der merkwürdigen und verheulten Brasilianerin zu helfen, deren Gepäck so sperrig wie ihre Geschichte war. Ich hob so viel Bargeld wie möglich ab, und wir machten uns auf den Weg zu der Spedition, bei der ich die Lasten meiner Reise ab- und nach Berlin aufgeben konnte. Ein Lagerhaus reihte sich an das nächste. Mehr als einmal musste ich die Koffer mit dem siebzigjährigen Herrn aus dem Auto hieven. Sie wurden gewogen. Schwer und teuer. Ich trennte mich von Pralinen, Shampoos und Mitbringseln. Erneutes Wiegen, jetzt endlich ging's. Aufgegeben. Zurück zum Flughafen. Ich umarmte den Taxifahrer zum Abschied. Ich dankte ihm von Herzen und gab ihm den Rest des Geldes als Trinkgeld. Mein Magen erinnerte mich daran, dass ich etwas essen musste, und ich besorgte mir einen Saft. Lissabon – Brüssel – Berlin. An die Reise kann ich mich nicht erinnern. Spätabends kam ich in Berlin-Tegel an. Ich beschloss bei Ana in Potsdam zu übernachten. Ich wollte mich erst sammeln und in Ruhe ankommen, bevor ich meine Jungs wiedersah. Ich musste selbst erst einmal verstehen, was da passiert war. Und ich musste das Ganze meinem ehemaligen zukünftigen Chef in Rio erklären. Ich wusste nicht wie, aber es musste gesagt werden. Wir Menschen sind nicht wie Vögel, uns hält so vieles an Ort und Stelle. Wenn Zugvögel sich aufmachen, dann geschieht dies zu einem klaren Zweck und aus freiem Willen. In meinem Fall waren weder Zweck noch Wille vorhanden. Dass ich das nicht durchziehen würde, war eigentlich vorherzusehen gewesen. Doch damit gab ich die Möglichkeit auf, mit einem ordentlichen Job nach Brasilien zurückzukehren – überhaupt die Möglichkeit, nach Brasilien zurückzukehren.

Wie oft hatte ich davon geträumt, mit meinen Söhnen in Rio anzukommen, Freunde wiederzusehen, die Familie zu umarmen. Wie oft hatte mich die Sehnsucht überwältigt – vor dem Einschlafen, unter der Dusche oder wenn ich alleine war. Die Sehnsucht nach der Familie ist unterschwellig immer da. Ich weiß nicht mehr wann, aber genau wie man sich mit einer chronischen Krankheit arrangiert, akzeptierte ich die ständige Sehnsucht irgendwann als Teil meines Lebens. Und lernte mit den Einschränkungen zu leben.

Am nächsten Morgen war ich wieder einigermaßen bei Kräften und stellte mich der Situation. Ich rief meinen neuen Arbeitgeber an und zu meiner großen Überraschung wollten sie mich immer noch haben. Meiner Flucht vor dem Flug waren Monate des Leidens vorausgegangen. Nächte, in denen ich kaum oder schlecht geschlafen hatte, Monate unentwegten Kopfzerbrechens. Rio de Janeiro oder Berlin? Zurückkehren ins hektische Leben, nah bei Freunden und Familie, oder in meinem abenteuerlichen Leben auf dem Drahtseil in der großen Manege Berlin bleiben? Das ganze Jahr Wärme oder das ganze Jahr Socken? Jeden Tag Portugiesisch sprechen oder auf Deutsch denken? Zweifel sind wie eine lästige Allergie, sie zermürben einen. Nach dem Telefonat, das mehr Fragen als Antworten hervorbrachte, fuhr ich mit der S-Bahn nach Hause. Nur zwei Orte auf dieser Welt vermögen mir diesen Frieden zu geben: Bei meinen Söhnen und bei meinem Vater. Ich küsste meine Kinder und kuschelte mich mit ihnen aufs Sofa. Das Jobangebot in Rio stand noch, und es war möglich, erst in drei Wochen anzufangen. Dann würden es nur noch zwei Monate ohne meine Söhne sein. Tagelang lebte ich mit einem Gefühl wie beim Hören einer zerkratzten Schallplatte. Man will unbedingt dieses tolle Album hören, aber die Platte spielt stur den einen Song immer und immer wieder. Um zum nächsten Titel zu kommen, müsste man den Tonarm anheben, die Fussel wegpusten und die Nadel von Hand in die exakte Rille setzen. Das kannte ich noch gut aus meiner Pubertät. Aber was, wenn das nächste Stück nicht gut war? Und was, wenn ich zum vorigen zurückwollte und die Nadel sich nicht mehr anheben ließ oder, schlimmer noch, dabei abbrach?

Ich brauchte drei Wochen, um meinen Mut zusammenzunehmen und zum nächsten Song zu wechseln. Ohne wirklich zu verstehen, mit nur einem Koffer und einem neuen Ticket, machte ich mich auf den Weg nach Rio de Janeiro.

Wann immer ich im Laufe der Jahre in Rio angekommen war, hatte ich mit meiner Jacke meine neuen fremden Gewohnheiten ausgezogen. Doch dieses Mal trug ich eine unablegbare Mischung aus unbequemen und abstrakten Ängsten und Sorgen. In fast zehn Jahren verändern sich Städte und Personen sehr. Sich der Tatsache zu stellen, wie sehr sich mein altes Zuhause verändert hatte, bedeutete auch, dass ich mich meinem verzerrten Spiegelbild stellen musste, das von der Kälte und der Nüchternheit der deutschen Winter gezeichnet war. Die Zunge war schwerfällig geworden, Stoffschichten hatten die Haut und die Einsamkeit, mit der ich mich arrangiert hatte, gut versteckt.

Es war ein regnerischer Frühlingstag, und die Straßen waren verstopft. Es dauerte ewig, bis ich im Stadtteil *Leblon* ankam. Mit klopfendem Herzen stieg ich in den Fahrstuhl, der Koffer schlug gegen meine Schienbeine. Nach qualvollen Monaten umarmte ich endlich meinen Vater, der in der offenen Wohnungstür auf mich wartete.

Schlechte Nachrichten

An meinem fünften Tag in der neuen alten Stadt erfuhr mein Vater, dass er krank war. Sehr krank. So viele Jahre, in denen er hätte krank werden können, und jetzt wurde er ausgerechnet bei meiner Rückkehr krank. Schicksal? Oder Ironie des Schicksals? Was weiß ich.

Voller Hoffnung sitze ich in einem Wartezimmer bis die Ergebnisse der Untersuchung vorliegen. Sie sind nicht gut. Es beginnt ein Kampf gegen die Zeit und gegen die Krankenversicherung, die eine Notoperation verweigert. Eine berufliche Reise in den Süden sage ich ab. Das Team fährt ohne mich, und ich bleibe zurück, ohne dass ich etwas tun könnte – weder für meinen Vater noch für das Team oder für mich. Ich fühle mich wie das Salatblatt, das zur Deko auf dem Teller eines schlechten deutschen Restaurants liegt. Geschmacklos, welk, einfach nur da, um da zu sein. Meine Schwester dirigiert das Orchester aus Anwälten, Ärzten und Untersuchungen.

Nach zehn schlaflosen Nächten ist der Tag der Operation gekommen.

Das Krankenhaus trägt den Namen eines Heiligen und liegt im Stadtteil Copacabana. São Lucas? Nein, São Lucas heißt eine Abtreibungsklinik, von der alle so tun, als gäbe es sie nicht. Ich kann mich nicht mehr an den Namen des Krankenhauses erinnern, aber der Eingang sieht aus wie der eines Hotels: Marmor, Pflanzen und sogar ein Springbrunnen. Die Empfangsdamen wollen eine Kreditkarte haben und, soweit ich mich erinnern kann, auch einen Blankoscheck. Wir sehen uns das einfache Zimmer an. Es hat einen Blick auf einen der schönen grünen Hügel von Copacabana.

Ich bin so lange weg gewesen, dass ich Namen und Adressen vergessen habe. Meine innere Karte der Stadt, in der ich geboren wurde, ist gelöscht worden.

Wir gehen in das nette Café im Hinterhof. Es ist ein kühler Oktobertag, Frühling in Rio. Im Flur sagt mein Vater: »Ich möchte eingeäschert werden, aber bitte stellt euch meine Asche nicht ins Wohnzimmerregal. Das wäre lächerlich. Streut mich ins Meer, streitet nicht über Geld und bleibt Freundinnen.« Nach seinen Worten habe ich keine mehr. Meine Schwester ist gefasst. Ich versuche, Normalität vorzuspielen und ein *pão de queijo* zu essen. Es bleibt mir im Halse stecken.

Dann war es so weit. Wir gingen ins Zimmer. Er verabschiedete sich und ließ seine schöne Uhr, seinen Ausweis und seine Liebe bei uns. Meine Schwester nahm seine Hand und sagte mit fester, optimistischer Stimme: »Alles wird gut.« In mir brach alles zusammen. Ich war nicht bereit, meinen Vater zu verlieren. Meinen lieben, schlecht gelaunten, klugen und grantigen Vater. Meinen Ursprung und mein Ziel.

Die Operation dauerte sechs Stunden. Wir hätten nach Hause gehen können. Aber wir blieben. Mir gingen so viele Gedanken durch den Kopf, die ich jetzt nicht mehr in Worte fassen kann. Zusammenhangslose Gedanken, die nicht aus mir zu kommen schienen. Gedanken über die Gegenwart, die Vergangenheit, die Zukunft. Dazwischen das schlechte Gewissen, so weit weg gewesen zu sein. Dieses diffuse schlechte Gefühl, das jeden Auswanderer befällt, der eine Mutter oder einen Vater verliert oder fürchtet, sie zu verlieren.

Die Schwester ruft uns – die OP ist geschafft. Der Arzt sagt, dass alles gut gelaufen ist, unser Vater aber sicherheitshalber noch auf der Intensivstation bleiben müsse.

Wir dürfen ihn kurz sehen. Er ist noch benommen. Er sieht meine Schwester, sieht mich und sagt: »Da fehlt eine.« Richtig, er hat drei Töchter, und keine Narkose der Welt lässt ihn das vergessen. Das sind die Momente, in denen ich bete. Ich bete zu Jesus und Maria und danke Gott, den ich mir seit meiner Kindheit wie einen lieben alten Mann vorstelle, rundlich und mit Rauschebart – ähnlich wie den Weihnachtsmann. Ich bin da sicher nicht die Einzige. Wer in einer solchen Situation Atheist bleiben kann, hat meine Hochachtung verdient. Ich setze all meine Hoffnungen in den weihnachtlichen Gott.

Zehn Tage lang besuchten wir meinen Vater auf der Intensivstation. Danach wurde er auf ein Zimmer verlegt, das er sich mit sterbenden Greisen teilte und wo er von fiesen Krankenschwestern versorgt wurde. Ein Patient wurde zu einer Untersuchung abgeholt und kam nicht zurück. Mein Vater fragte nach ihm, und obwohl wir vom Flur leises Weinen hören konnten, sagte ich: »Ach, dem geht's bestens, er wurde entlassen.«

Aufstehen, alleine ins Bad gehen, Hinfallen, Streiten, Kümmern, Krankenhausfernsehen, Langeweile, schlechte Laune, Geduld. Und währenddessen packte ich Koffer, kaufte Kleidung und ließ mich impfen, weil wir mit dem deutschen Fernsehteam ins Amazonasgebiet reisen wollten. Ich hätte absagen können, aber das wollte ich nicht. Mein Name stand auf den Genehmigungen des *Funai,* der brasilianischen Indigenenbehörde, und ohne mich wäre das Team aufgeschmissen gewesen. Ich musste mit. Oder vielleicht musste ich auch einfach nur mal kurz die Pausetaste meines eigenen Films drücken, dessen Verlauf immer beunruhigender wurde: Die Söhne weit weg in einem anderen Land, der Vater im Krankenhaus und ich die Verzweiflung in Person. Ich war plötzlich gealtert. Die Fingernägel waren abgekaut, die Haare weiß und Schmuck ein Fremdwort. Ich funktionierte nur noch, um zu überleben. In diesem Zustand machte ich das, was ich am besten kann: recherchieren, organisieren und mich vorbereiten.

Der Tag der Abreise war gekommen. Mein Vater freute sich mehr als ich, sah in dem Ganzen ein tolles Abenteuer. Er wünschte mir viel Glück, und ich wünschte mir, dass das Glück bei ihm bleiben möge.

Wenn man gerne bleiben würde

Von Rio de Janeiro nach Belém fliegt man dreieinhalb Stunden. Genauso lange wie von Berlin nach Lissabon. Auch hier landet man in einer anderen Kultur und wird von neuen Eindrücken überwältigt. Vielleicht fühlt sich so ein Deutscher, wenn er in der portugiesischen Hauptstadt landet.

Wir kamen am späten Nachmittag im Regen an. Wir schafften es, zum Naturpark *Mangal-das-Garças* zu gelangen, aber das Wetter verschlimmerte sich, und wir wurden von einem ausgewachsenen Unwetter begrüßt. Trotzdem war es wunderschön: Es war warm und der Regen schien von unten zu kommen, denn die Kleidung wurde von innen nass. Das Wasser prallte vom Boden ab und klatschte gegen die Beine, was mich überhaupt nicht störte. In saunaartiger Hitze komplett durchnässt zu sein ist wunderbar entspannend. Unser Fahrer hieß José. Ein Durchschnittstyp – schmal, dunkle Haare, irgendwie elegant. Es war ihm egal, dass wir lachten und sein Auto nass machten. Er tat so, als würde er nichts davon bemerken, erzählte Geschichten und gab uns Tipps. Er wusste viel über Belém, das Klima und wann der Regen kommt.

Am schönsten Ort der Welt, dem Himmel über dem Paradies, regnet es jeden Tag. Ich war vollkommen hingerissen. Das gehört sich nicht für eine Journalistin, ist aber jedem Menschen wärmstens zu empfehlen. Die Stadt war voller Obstbäume, und es roch nach Mangos.

Belém ist arm und verwahrlost. Was für ein Glück, dass es vom Rest der Welt vergessen wurde. Das Stadtzentrum ist unberührt, voll von hundertjährigen Häuschen, die in ihre Einzelteile zerfallen – verwitterte Geschichtenerzähler.

Sie erzählen von der goldenen Zeit des Kautschukbooms und dem Reichtum, den er der Stadt bescherte. Häuschen voller Charakter. Ganz Belém hat eine starke Persönlichkeit. José zeigt uns das lokale Essen, was sehr speziell und aromatisch ist. *Filhote* ist ein köstlicher Fisch, der Fisch aller Fische. Alles ist für mich ein einziger Superlativ, der Ort verführt mich nach allen Regeln der Kunst, und ich gebe mich ihm widerstandslos hin. Es gibt Früchte, an deren Namen ich mich nie wieder erinnern werde. Früchte im Saft, im Eis, auf der Pizza. Und eine leckerer als die andere. Ich habe das Gefühl, hier richtig zu sein. Der Taxifahrer akzeptiert kein »Stimmt so«, er gibt mir auf den Centavo genau heraus. Der Kellner bringt einen Teil seines Trinkgeldes zurück, weil er es für unangemessen hält. Ich gehe in einen Laden, um mir eine Erinnerung an die Stadt zu kaufen. Ich möchte sie nie wieder vergessen. Ich kaufe eine CD eines lokalen Sängers. Überall gibt es *muiraquitãs,* die steinernen Glücksbringer in Form von Fröschen. Ich möchte sie meinen Nichten, Schwestern und Söhnen mitbringen. Ich glaube an ihre schützende und glückbringende Kraft. Der Kameramann findet meinen Aberglauben amüsant, aber hinterfragt ihn nicht. Er bittet mich, ihm zu helfen, ein Mitbringsel für seine Freundin auszusuchen. Eine ganz schön schwierige Aufgabe. Danach essen wir das zehnte Eis an diesem Tag. Dieses Mal von einer Frucht, von der ich nicht mal wusste, dass sie existiert. Wir gehen früh zurück ins Hotel, weil wir am nächsten Morgen um drei raus müssen, denn wir wollen auf dem *Mercado Ver-o-Peso* filmen, in den größten und ältesten Markthallen Lateinamerikas. Ich schlafe schlecht. Wir sind im teuersten Hotel der Stadt untergebracht. Das Hotel ist furchtbar: Die Möbel aus den 60er-Jahren scheinen zu faulen. Das Zimmer riecht nach Schimmel. Die Vorhänge sind vergilbt, das Badezimmer ist schmutzig. An den Wänden alte, abgeplatzte Fliesen. Und das in einer Hotelkette, die sich mit vier Sternen schmückt. Aber nichts davon kann mir die Freude darüber nehmen, in dieser Stadt zu sein und den Markt kennenlernen zu dürfen. Ich stehe früh auf. Wie alle probiere ich mich ausgiebig durch das Frühstücksbuffet. Ich esse Früchte, die ich kenne, und solche, die ich nicht kenne. Ich trinke Tee, ich trinke Saft. Esse ein *pão de coco*. Ich probiere alles, um diesen einzigartigen Ort mit meinem Geschmackssinn in mich aufzunehmen.

Das Team ist pünktlich an der Rezeption. Um diese Uhrzeit ist schon viel los im Hotel. Die Stadt erwacht, wenn der Mond noch am Himmel steht, und geht mit dem Regen ins Bett. Um vier Uhr, noch vor Sonnenaufgang, sind wir beim Markt. In meine Erinnerung haben sich die unzähligen Körbe mit Açai-Beeren eingebrannt, in denen sich das Licht der Morgendämmerung spiegelte. Ein Sternenhimmel aus Açai – dazu der Duft und die intensive Farbe der Beeren. Hunderte von Männern feilschen. Wir müssen uns mit dem Filmen beeilen, denn die Verkäufe gehen schnell über den Tisch.

Ich fotografiere, rieche das Aroma der Beeren und probiere. Zügig gehe ich an den Körben entlang. Ich bin professionell und konzentriert bei der Sache. Ich möchte dieses Fleckchen Erde und seine Bewohner so intensiv wie möglich erleben. Und das mache ich. Es wird heller, und man kann jetzt mehr sehen. Der Dunst lüftet sich und gibt den Blick auf ein Meer von Fischen, Früchten, Mangos und Booten frei. Die Açai-Körbe leeren sich. Aber da sind ja noch die Kräuter, das Gemüse und die anderen Früchte. Wir beginnen, die Markthallen zu erkunden. Wir treten in eine Art sinnliche Trance. Ich höre auf, ich zu sein, bin nur noch das, was ich probiere, fühle und rieche. An die Mauern sind Gedichte geschrieben. Überall Kunsthandwerk. Ich lege die Arbeit ab und ziehe das Leben an, ich werde Teil des Lebens hier drin, bin einfach nur eine Frau in der Menge, die das Kunsthandwerk betrachtet. Eine Frau aus Rio de Janeiro, eine *Carioca*, in Belém. Nie war ich mehr Brasilianerin als in Belém. Ich bin stolz darauf, dass mich etwas mit diesen Leuten verbindet. Ich werde von Gerüchen und Geschmäcken umschmeichelt und genieße jede Sekunde, jeden einzelnen Regentropfen.

In *Mangal-das-Garças* – einem Naturpark, so wie er sein sollte – flogen die namensgebenden Reiher um mich herum, während ich meinen Vater anrief. Wir redeten eine Weile. Er klang schwach. Während das Team filmte, setzte ich mich auf einen Stein. Es regnete stark, und ich gab vor, keinen Regenschirm dabeizuhaben. All der Schmerz, die Last der Entscheidungen, all die Schuld wurden von mir abgewaschen. Belém wird auch das »Tor zum Urwald« genannt. Belém war das Tor, durch das ich gehen musste, um mich meinen Gefühlen zu stellen. Wir kehrten ins Hotel zurück, packten die Koffer und fuhren zum Flughafen, wir mussten weiter nach *Marabá*. Dort stand uns eine mehrstündige Autofahrt bevor, um zum Volk der *Xikrin* zu gelangen.

Ich bin früh in der Lobby. José ist schon da. Ich bezahle ihn und bedanke mich. Der deutsche Fernsehsender gibt kein Trinkgeld, ich schon. Er bedankt sich und sagt, dass heute sein fünfzigster Geburtstag ist. Ich gratuliere ihm etwas ungelenk. José ist ein dünner und leidenschaftsloser Typ. Ihm ist alles recht. Vielleicht ist er aber auch einfach so professionell und höflich, dass er es sich nicht erlaubt, Gefühle zu zeigen? Dass sich die Abfahrt verzögert, macht ihn nervös. Einer unserer Kollegen ist zu spät. Aber am Ende klappt doch alles.

In einer Fernsehproduktion muss alles klappen. Wir verabschieden uns von José. Er hat mit wenig Begeisterung von seinem Leben in Belém erzählt. Nach zwei sehr arbeitsintensiven Tagen hatten wir uns heute zum ersten Mal privat unterhalten. Er erzählte, dass er zweifacher Vater und eigentlich Geschichtslehrer ist – das erklärt wohl seine Nüchternheit. Er wirkte frustriert. Das hat er so nicht gesagt, aber die Art und Weise, wie er seine Geschichte erzählte, zeugte davon, wie unglücklich er darüber war, nach jahrelangem Studium als Fahrer zu arbeiten. Er habe zwei Kinder, wiederholte er. Die private Schule sei teuer. »Lernst du zu Hause mit ihnen? Hilfst du ihnen in Geschichte?« Etwas irritiert verneinte er. Eine feine, leichte Verärgerung. Ich fragte ihn weiter aus, fragte, ob er nicht als Lehrer und als Fahrer arbeiten könne. Fragte, ob seine Frau arbeite, fragte, warum er nicht wegziehe. Ich fragte und fragte und fragte, bis er sich schließlich erleichtert von uns verabschiedete und sich beeilte, die vielen Koffer aus dem Auto zu holen. Er mochte mich nicht. Ich ihn auch nicht. Obwohl er seinen Job sehr gut gemacht hat und ich ihn jederzeit wieder engagieren würde. Aber er hat den Mangoduft nicht gerochen. José hat im Naturpark nicht zu sich gefunden. Er brachte mir das abgedrehte, echte Brasilien in Erinnerung – an einem Ort, an dem ich mich meinem Traum von Brasilien hingeben wollte. Ich wollte Fantasie und keine Realität. Aber damit war jetzt Schluss. José blieb in seinem Leben, und ich folgte meinem Zeitplan. Ich hatte ein schnurrendes Uhrwerk aus Terminen, Uhrzeiten und Adressen geschaffen – das komplette Gegenteil von meinem chaotischen Privatleben.

Vom Grün verschluckt

Es ist schwer zu beschreiben, was ich fühlte, als wir den Eingang des Reservats passierten. Eine Mischung aus Euphorie und Verwirrung.

Es gibt Menschen, die träumen davon, ins Amazonasgebiet zu reisen. Ich gehöre nicht dazu. Mit 19 habe ich einen Freund verloren, der davon träumte, ein indigenes Volk »von Nahem kennenzulernen«. Sein Traum hat sich erfüllt, und dann war Schluss. Er war auf einer Reise durch Lateinamerika, wollte dabei den Amazonas erkunden und fing sich die Chagas-Krankheit ein. Die Reise endete an Ort und Stelle mit seinem Begräbnis, für das angeblich eine schöne Zeremonie abgehalten wurde. Als seine Familie davon erfuhr, baten sie – ich weiß nicht mehr wen – um Hilfe, und er wurde noch einmal auf dem *São-João-Batista*-Friedhof in Rio beigesetzt.

Beim Durchqueren von 150 Kilometern unberührtem Wald verschluckt mich das Grün. Es ist atemberaubend, von einer furchteinflößenden Schönheit.

Ich habe Angst. So große Angst, dass ich mich ihr ergebe. Ich verstumme und betrachte die riesigen Bäume, an denen sich Pflanzen bis nach ganz oben ranken, wo sie zu einer grünen Perücke werden.

All diese Schönheit birgt auch eine Enttäuschung. Ich hatte irgendwie erwartet, dass ich in dem Moment, in dem ich den Urwald betrete, wieder anfange, Brasilien zu lieben. Das geschieht aber nicht. Ich bleibe stumm und denke über die Bedeutung von Heimat und Herkunft nach und über all das, was mich sonst noch zur Brasilianerin macht und gleichzeitig nicht mehr dazu macht. Der Reporter des deutschen

Fernsehsenders und der Kameramann fragen mich in einem fort, ob es mir gut geht.

»Ja«, antworte ich stimmlos. Ich habe keine Lust, darüber zu sprechen. Ehrlich gesagt, kann ich mit niemandem über dieses »Dilemma« sprechen. Ich weiß, was sie sagen werden, und ich habe die immer gleichen Antworten so satt: »Du kannst Brasilien nicht mit Deutschland vergleichen. Mach einfach das Beste daraus. Genieß die Natur.« Aber ich vergleiche ja gar nicht. Es ist ein Gefühl, ein Gedanke, der aus dem Herzen kommt und im Kopf Gestalt annimmt. Herzensgedanken kann man kaum beschreiben.

In meinen Zwanzigern habe ich dieses Land geliebt. Sehr. In meinen Dreißigern konnte ich es nicht mehr. Obwohl ich Brasilien liebte, entschloss ich mich dazu, nach Deutschland zu ziehen.

Die Erinnerungen werden nach all den Jahren und Erlebnissen blasser. Der schlechte öffentliche Nahverkehr und der Machismus hatten mich immer genervt, aber ich mochte es, in Rio zu leben. Ich war schließlich eine *Carioca*.

Nun lebe ich seit anderthalb Monaten wieder in Rio. Dabei kommen altbekannte Gefühle hoch: Rio ist toll, aber so geht es nicht weiter mit uns. Ich denke ständig über Scheidung nach.

Das ganze Grün um mich herum und die Möglichkeit, Brasilien besser kennenzulernen, hätten mich dazu bewegen können, mich mit dem Land zu versöhnen, mich neu zu verlieben. Die Natur hat mir schon immer Respekt eingeflößt. Als Kind träumte ich von riesigen Wellen, die auf Rio de Janeiro zurollten. Wir versuchten in die Berge nach *Teresópolis* zu flüchten, aber da war der Traum immer zu Ende. Ich wachte schweißgebadet auf. Diesen Traum habe ich mein Leben lang immer wieder geträumt. Seit etwa dreißig Jahren ist er ein treuer Begleiter. Ein Albtraum.

Als 2004 der Tsunami die Küsten des Indischen Ozeans überflutete und mehr als 285.000 Menschenleben kostete, ging mir das sehr nah. Aber ganz egoistisch beruhigte ich mich damit, dass ich dank eines Journalismusstipendiums in Deutschland war. Außerdem hatte ich in meiner Kindheit Albträume von Einbrechern. Tja, meine Ängste bestehen aus dem, was die Erde bevölkert: Natur und Menschen.

Der Amazonas kurierte meine Angst vor der Natur. Entweder man akzeptiert die eigene Machtlosigkeit in Anbetracht dieser Urgewalt, oder man verliert sich.

Nachdem wir acht Stunden lang das Reservat mitten im *Pará* durchquert hatten, waren wir angekommen. Die *Xikrin* wurden laut einem Bericht der *Funai* vor 40 Jahren »entdeckt«.

Es ist dunkel. Ich kann Strohdächer und zwei einfache Häuser erahnen. Ich muss schnell entscheiden, wo ich schlafen möchte, und wähle das Haus von Ivan, dem Koordinator der *Funai*-Station, und seiner Frau Bela, der Krankenschwester des Dorfes. Sie bieten mir ein Bett statt der üblichen Hängematte an. Ich bin froh, dass es dunkel ist, denn was ich nicht sehen kann, kann mir keine Angst machen. Erschöpft falle ich in tiefen Schlaf und verschwende keinen Gedanken an Schlangen, Spinnen oder das offene Fenster, durch das jeder einsteigen könnte.

Um sechs Uhr morgens wache ich auf. Noch nie habe ich so gut geschlafen. Keine Ahnung, ob es an der guten Luft oder dem Grillenzirpen liegt. Ich bin glücklich. Bela wartet schon mit dem Frühstück auf mich. Eine schöne Frau mit langen, dunklen Haaren. Sie stammt aus *Maranhão*.

Ivan ist ebenso schön und sympathisch. Sie erzählen mir von den *Xikrin* und ich von unserem Projekt. Ivan wird vom Volk respektiert. Mehr als das, er wird gemocht. Seine warme Stimme und sein fester Blick erklären warum.

Die Küche bildet den Mittelpunkt des Hauses. Dort stehen ein Tisch mit vier Stühlen, ein Herd, eine große Gefriertruhe und eine Spüle. Drei Türen führen aus der Küche, eine zum Eingangsbereich, eine in den Garten und eine zu den beiden Zimmern und dem Badezimmer. Sie finden es lustig, dass wir Unmengen von Wasser in Wasserspendergallonen mitgenommen haben. Es gibt hier keine Wasserspender. Branco, unser Führer vom *Funai*, hat uns den falschen Tipp gegeben und lacht. Branco ist ein Indigener mit blauen Augen. Wir trinken Kaffee – aus ihrem Wasser gekocht. Sie versichern mir, dass es sauber ist. Es widerstrebt mir, aber ich trinke. Ich empfinde es als unangebracht, mit diesen Menschen über die Qualität des ihnen zur Verfügung stehenden Wassers zu diskutieren.

Branco will uns zu den Indigenen bringen. Im Tageslicht sieht alles völlig anders aus, als wäre die Kulisse ausgetauscht worden. Auf einer Lichtung kann ich die kleinen Häuser der Mitarbeiter des *Funai* sehen: eine Unterkunft für die etwa fünf Männer und das Haus, in dem die Lehrer wohnen.

Rechts kann ich einen Pfad sehen, der zum *Cateté*-Fluss führt, und links die Siedlung des Volkes: etliche Hütten aus Zement und Stroh, eine Mischung aus indigener Architektur und der der »zivilisierten Welt«. Auf dem Boden überall Müll: Plastikflaschen, Plastiktüten. Die Siedlung stinkt nach Abwasser. Es gibt einen Fußballplatz. Daneben grillen Männer an einer Feuerstelle. Sie grillen Hühnchen. Wenn die gar sind, werden sie in Bananenblätter gewickelt. Ich bin die einzige Frau der Gruppe und darf ihnen nicht zu nahe kommen, denn das Hühnchengrillen ist Männersache. Die beiden Kameramänner filmen, wie der Reporter ein Hühnchen isst. Ich beobachte die Kinder auf dem Fußballplatz. Hier wird den ganzen Tag Fußball gespielt. Jeder spielt. Mädchen, Frauen, Männer und Jungen. Nur wenige sprechen Portugiesisch. Die *Xikrin* sind ein Volk, dessen Sprache zur Sprachfamilie *Gê* gehört; sie sprechen *Mebêngôkre*. Das hat mir der Dorflehrer erklärt. Unser Interviewpartner und Übersetzer heißt Beka. Er spricht Portugiesisch, aber es fällt ihm schwer, mich zu verstehen, oft gelingt es ihm nicht. Ich frage Ivan, ob das an meinem *Carioca*-Akzent liegt, aber Ivan sagt, dass mein Übersetzer ihn auch nicht versteht. Beka ist 35 und hat schon Enkel. Hier beginnt das Leben früher.

Wir werden eingeladen, uns das Gelände genauer anzusehen. Die Hütten sind im Kreis um einen Platz angeordnet, auf dem eine Konstruktion mit einem Strohdach steht. Darunter befindet sich eine Wand, an der ein Schrank mit einem Fernseher steht. Ein paar der Bewohner sehen fern. Ein Video von einem indigenen Tanz. In den Hütten bemalen die Frauen sich und die Kinder. Nicht alle erlauben, gefilmt oder fotografiert zu werden. Es scheint, als würden sie für unser Team ein Fest ausrichten wollen.

Die Verständigung ist mühsam. Ich muss erraten, was sie mir in gebrochenem Portugiesisch mitzuteilen versuchen, und es dann ins Deutsche übersetzen. Es gibt Papageien und große Käfer. Alles hier ist riesig. Riesige Blätter, Samen und Blumen. Ich fühle mich so klein, so menschlich. Ich mache Fotos von den Papageien und den bemalten Frauen. Der oberflächliche Versuch, das alles festzuhalten, ist ein Versuch, in mir festzuhalten, was mir das Leben so nie wieder zeigen wird.

Ich schäme mich für mein Unwissen. Als Urenkelin einer *Guarani*, in Brasilien geboren und aufgewachsen, weiß ich nichts über die indigene Bevölkerung. Ich beschließe, die Dorfschule zu besichtigen. Sie ist ziemlich klein und besteht aus zwei Räumen, ich trete ein. Die Kinder sehen ein Video. Eine Modenschau mit indigenen Frauen. Sie finden mich komisch und machen sich in ihrer Sprache über mich lustig, die sich sehr von dem unterscheidet, was uns in Brasilien aus der *Tupi-Guarani*-Sprache geläufig ist.

Ich frage den Lehrer, was er unterrichtet. Er sagt, er versuche, ihnen Portugiesisch beizubringen. Aber zu Hause benutzen sie ausschließlich ihre Sprache. Die Frauen sprechen gar kein Portugiesisch, weil ihre Ehemänner es nicht erlauben. Sie haben Angst, dass sie mit einem Brasilianer weggehen.

Sie fühlen sich nicht als Brasilianer, sie sind *Xikrin*. Die *Xikrin* sind bekannt dafür, dass sie wunderschöne Körbe aus Blättern flechten. Ich versuche alles aufzuschreiben, was ich sehe und fühle. So viele Informationen prasseln auf mich ein, dass mir der Kopf überquillt. Ein Tag bei den *Xikrin* dauert gefühlt ein Jahr.

Bei Einbruch der Dunkelheit beginnt das Fest. Die Indigenen tragen Schmuck aus Samen, Federn und *Havaianas*. Sie stimmen Lieder an, um uns zu beeindrucken. Das Ganze wirkt eher wie eine Show als ein Ritual, was mir tiefes Unbehagen verursacht. Ich versuche, mich auf die Arbeit zu konzentrieren und mich vor den riesigen Skarabäuskäfern in Sicherheit zu bringen, von denen es nur so wimmelt. Sie krabbeln überall, ich trete auf sie, sie sind wie ein Teppich, es gibt kein Entkommen. Kameras, Skarabäen und Indigene in *Havaianas*. Mein Blick fällt auf eine sehr junge Mutter mit einem Baby. Ich lächle sie an, aber sie erwidert mein Lächeln nicht. Ein sehr süßes, speckiges Baby. Es hat irgendetwas Weißes am Mund. Ich gebe der Mutter ein Zeichen, damit sie es wegwischt. Ich weiß nicht, ob sie mich nicht versteht oder ob sie mich versteht und nicht darauf eingehen will. Auch an der Nase hat das Baby etwas Weißes. Ich finde es merkwürdig und mache mir Sorgen, weil ich weiß, dass Milch, die aus der Nase läuft, in die Lunge gelangen und dort eine Infektion hervorrufen kann.

Die »Show« ist vorbei und wir gehen im Dunkeln zu unseren Unterkünften zurück. Ich bete und versuche, den Weg mit der einzigen Taschenlampe zu beleuchten, während meine Kollegen Witze reißen.

Am nächsten Morgen sitzt Bela mit uns in der Küche. Sie hat ihren freien Tag. Ich erzähle ihr von dem Baby und von dem Weißen an Nase und Mund. In resigniertem Ton klärt sie mich auf, dass es sich dabei um Würmer handelt. Das Baby wird sterben. Die Indigenen lehnen die Behandlung mit Medikamenten ab, und auch sie als Krankenschwester kann nichts weiter dagegen ausrichten. »Es ist ihre Kultur. So ist das nun mal. Früher schlugen sich die Frauen des Volkes, wenn jemand starb, mit Steinen die eigenen Köpfe blutig. Heute verletzen sie sich mit Messern. Aber so will es ihr Brauch.« Ich bin sprachlos. Sie haben Steine gegen Messer getauscht. Die Narben sehen furchtbar aus. Das süße Baby wird sterben. Bela sagt, dass schon viele gestorben sind und noch viele sterben werden.

Der Reporter betritt die Küche und wünscht uns einen guten Morgen. Er erzählt, dass Beka ihn gebeten hat, ihm eine Kamera zu schenken, um Dokumentarfilme zu drehen.

Bela lacht sich kaputt und erklärt uns, dass sie Pornos drehen wollen. Einen Moment lang habe ich Spaß daran, mir den Skandal auszumalen: Deutsches Fernsehteam gibt indigenem Volk Kamera für Pornodreh. Dann tun mir alle leid, und ich bekomme Angst. Ich will nur noch abreisen.

Wir verließen das Dorf in tiefem Schweigen. Keiner sagte ein Wort. Niemand wollte wissen, ob es mir gut ging. Alle wirkten erleichtert. Wir verabschiedeten uns herzlich, aber keiner blickte zurück. Die Rückreise war mühsam. Ich stieg ins Flugzeug und wünschte mir, die Zeit würde so schnell wie möglich vergehen. Es war spät, als wir in Rio landeten, aber ich lehnte die Mitfahrgelegenheit dankend ab. Ich wollte allein sein. Es war schwer, ein Taxi zu ergattern, und ich ließ mich auf einen Deal für einhundert *Reais* ein. Hauptsache weg da.

In der Wohnung meines Vaters wartete die Leere auf mich. Er lag immer noch im Krankenhaus. Ich machte den Fernseher an, um mich nicht so alleine zu fühlen.

In den Nachrichten wurde von fünf Kindern berichtet, die von Querschlägern aus Polizeiwaffen getötet worden waren. Etwas später wurde berichtet, dass die Shoppingcenter gut besucht waren. Es war kurz vor Weihnachten. Zwischendrin die Nachricht, dass der Senatspräsident einen Antrag gestellt hatte, ein Regierungsflugzeug nutzen zu dürfen, um eine Haartransplantation machen zu lassen. Ich schlief mit der Gewissheit ein, dass ich mitten im Amazonasgebiet sicherer gewesen war und dass ich das Gesicht des Babys, das ich nicht gerettet hatte, nie würde vergessen können.

Was kostet Sicherheit?

Schweißgebadet schrecke ich aus dem Schlaf. Ich habe geträumt, dass wir in einer Gegend im Zentrum von Rio de Janeiro filmen, die sich *Saara*, also »Sahara«, nennt. Die »Sahara« ist eines der größten Einkaufsviertel der Welt. Neben mehr als tausend kleinen Geschäften gibt es in den angrenzenden und dazwischenliegenden Markthallen unzählige Stände. Die Verkäufer stammen hauptsächlich aus Portugal, Syrien und dem Libanon. In der Weihnachtszeit gehen Tausende in den Gassen der »Sahara« einkaufen, deren Name eigentlich eine Abkürzung ist für *Sociedade de Amigos das Adjacências da Rua da Alfândega* – »Gesellschaft von Freunden aus dem Umfeld der *Alfândega*-Straße«. Aber sie hat auch viel gemein mit der Wüste. Wenn dort im Sommer Temperaturen zwischen 40 und 45 Grad herrschen und sich Menschenmassen durch die Gassen schieben, kann man schnell das Gefühl haben, eine Fata Morgana zu sehen.

Ich war so erschöpft gewesen, dass ich auf dem Boden eingeschlafen war. Ich hatte es nicht geschafft, das Schlafsofa in der Wohnung meines Vaters aufzuklappen. Zu aufwendig. Mein Körper hatte gestreikt.

Ich sehe mich um. Ja, ich bin in Rio, und ich werde auch in der *Saara* filmen.

Ohne Sicherheitsmann auf den Straßen von Rio zu filmen machte mir Angst. Ich ging inzwischen nicht mehr als Einheimische durch. Mein naiver Blick, mein langsamer Gang und mein offenkundiges Staunen über all das Schöne entlarvten mich. Wenn ich alleine unterwegs war, fühlte ich mich noch einigermaßen sicher. Ich weiß, wie man sich als *Carioca* verhalten muss. Aber mit einer Gruppe von Gringos – bis an die Zähne mit teurem Equipment ausgerüstet – war es unmöglich, nicht aufzufallen. Erst am Tag zuvor hatte man versucht, uns um vier Uhr nachmittags in Copacabana zu überfallen. Die Produktionsassistentin war jedoch schneller gewesen und hatte die Polizei gerufen. Das deutsche Filmteam nahm die Situation nicht weiter ernst und machte Fotos mit den Polizisten, die unter der unerwarteten Wertschätzung ihres Berufes richtig aufblühten.

Dass wir jetzt ausgerechnet in der *Saara* filmen würden, bereitete mir Magenschmerzen. Ich hatte so etwas seit zwanzig Jahren nicht gemacht und beschloss Harrison anzurufen, einen Polizisten, der seine »Dienste« auch außerhalb seines Jobs anbietet. Über ständig wechselnde Telefonnummern vermittelt er Sicherheitsmänner – die alle eigentlich als Polizisten tätig sind. Er ist eine Art Dienstleister, der die Illusion von Sicherheit verkauft. Dafür war ich gerne bereit zu bezahlen.

»Willst du bewaffnete Männer?«, fragte er mich geradeheraus.

»Nein, danke. Wenn es zu einem Überfall kommt, möchte ich nicht, dass sie reagieren. Unsere Ausrüstung ist versichert.«

Verwundert fragte er: »Aber wofür willst du dann Sicherheitsleute?«

Ich antwortete mit einer Gegenfrage: »Wieviel kosten zwei nicht bewaffnete Männer?«

Zweihundert *Reais* für den halben Tag. Bar auf die Hand nach getaner Arbeit. Keine Quittung.

Ich würde Harrison in Zukunft noch öfter anrufen. Ein Mann mit weicher Stimme, der Sicherheit ausstrahlte. Wer mit ihm spricht, glaubt an Superhelden. Mit Super-Harrison ging immer alles gut. Gleich in unserem ersten Gespräch machte er klar, dass »nein«, »dumm gelaufen« und »Entschuldigung« nicht zu seinem Wortschatz gehörten. Er beschrieb seine Arbeit mit Klarheit und Enthusiasmus und sprach liebevoll von seinen »Angestellten«. Er sagte, er würde nur mit ehrlichen und engagierten Leuten zusammenarbeiten, und ich glaubte ihm. Ich hatte keine Wahl. Und in dieser Stimme, die fast so etwas wie eine Freundin für mich werden würde, lag meine einzige Hoffnung auf friedliche Arbeitstage.

Seine Jungs waren pünktlich an der Hotelrezeption, unserem vereinbarten Treffpunkt. Starke und sympathische Polizisten. Ich glaube, ich hatte mich noch nie mit einem Polizisten unterhalten. Ich hatte immer zu große Angst vor ihnen. Oder sie wollten Bestechungsgeld von mir – auch kein geeigneter Moment, um ins Gespräch zu kommen.

Renato und Rodrigo waren bei der Militärpolizei und Zwillinge. Sie hatten angefangen, zusätzlich als »private« Sicherheitsmänner zu arbeiten. Ihre Mutter weinte jeden Tag, wenn sie ihre Uniformen anzogen. »Ein Polizist in Rio überlebt keine drei Jahre.« Ich habe das nicht überprüft, spürte aber, dass ihre Angst echt war. Sie wollten sich einen Kundenstamm aufbauen, um irgendwann die Polizei verlassen zu können. Ich fragte, wer dieser »Harrison« sei, wie er so sei und wo er arbeitet, aber sie wichen mir aus. Sie sagten, er sei ein guter Kerl, der Polizisten in Situationen wie der ihren helfe. Polizist in Rio de Janeiro zu sein ist eine schwere Situation an sich. Ich wechselte das Thema. Die »Situation« wird jeden Tag ausführlich in der Zeitung diskutiert.

Dank der Zwillinge fühlte ich mich sicherer. Aber diese Sicherheit war eher ein imaginärer Freund. Sollte irgendjemand mit einer Waffe auftauchen, war es aus. Es ging mehr darum, sich sicher zu fühlen, als es tatsächlich zu sein. Immerhin waren wir sicher vor den Messern und Nöten der Kleinkriminellen.

Ich mag die *Saara* sehr. Als Kind habe ich es geliebt, dort mit meiner Mutter stöbern zu gehen. Es gibt Unmengen an Plastikschrott zu kaufen. Wenn man wieder zu Hause ist, fragt man sich mit leicht schlechtem Gewissen, wie man so viel Geld für Dinge ausgeben konnte, die man nie benutzen wird. Aber das ändert nichts daran, dass man erneut hingehen und wieder alles genau gleich machen wird. Die *Saara* ist reine Verführung. Voll bunter und lustiger Leute. Lebendige, fröhliche, laute Leute – menschgewordenes Glück. Zwei Stunden in der *Saara* bedeuten, zwei Stunden zu lächeln. Das ist etwas, was es in dieser Form in Deutschland nicht gibt und nie geben wird: dieser Wille zum Glücklichsein. Wenn ich irgendetwas aus Brasilien mitnehmen könnte, wäre es – außer dem Wetter natürlich – die *Saara*.

Mein erster Job als Journalistin war ein Praktikum beim *Radio Saara*. Das war richtig gut, ich durfte dort Texte wie diesen schreiben: »Hallo Leute, lasst uns das Glück suchen! Das Glück wohnt im *Casas-Campeiro*-Geschäft!« Dann las der Sprecher den Text und seine Stimme schallte durch die Lautsprecher über alle elf Straßenblocks, die die *Saara* umfasst. Zweimal durfte ich die Durchsage selbst machen – der Sprecher hatte sich heiser geredet. Ich fühlte mich wie die Göttin der *Saara*. Der Job war toll, aber der Weg dorthin machte mir Angst. Das Zentrum von Rio ist an den Wochenenden wie ausgestorben, und ich musste sehr früh da sein, samstags schon um sieben Uhr. Und ich war erst fertig, wenn die Geschäfte schon wieder geschlossen hatten. Ich bin in meinem Leben schon vor einigen Perversen davongerannt.

Nicht meine Lieblingsbeschäftigung. Aber so genau muss ich nicht ins Detail gehen.

Während ich dort über die holprigen Kopfsteinpflasterstraßen lief, war mein einziges Bedürfnis, die Stoffe zu betrachten und das Lächeln der Händler zu erwidern, die sich von dem deutschen Fernsehteam einen guten Geschäftstag erhofften.

Seit meiner Ankunft in Rio hatte ich Vieles verändert vorgefunden. Der *Palácio do Catete* war zu einem freundlichen, gut besuchten Ort geworden. Der Stadtteil *Laranjeiras*, der früher ein Rentnerviertel war, brummte jetzt vor Leben: Musik auf den Plätzen, überall kleine Märkte, unzählige Familien, viele Babys. Manches hatte sich zum Schlechteren verändert, so wie *Leblon*, das nur noch eine Karikatur seiner selbst war. Das Viertel platzt aus allen Nähten, ist aber weder groß genug, um das Potenzial zu haben, sich zu einem schicken Viertel wie *Ipanema* zu entwickeln, noch günstig genug, um zu einem Moloch wie Copacabana zu werden.

Der Verkehr in der Stadt war unerträglich geworden. Man brauchte inzwischen zwei Stunden für eine Strecke, für die man vor zehn Jahren eine halbe gebraucht hatte. Als ich zum ersten Mal seit meiner Rückkehr den Mut aufbrachte, einen Bus zu nehmen, wurde das zu einer bizarren Erfahrung. Ich hatte nie irgendjemandem erzählt, dass ich mit dem Taxi zur Arbeit kam. Es war mir peinlich. Als Beinahe-europäerin hätte ich mit gutem Beispiel vorangehen und öffentliche Verkehrsmittel nehmen sollen. Aber ich hatte eine Art von Bus-Panik-Syndrom entwickelt. Ich konnte es mir eigentlich nicht leisten, aber es war mir lieber, pleite zu sein, als unter meiner Angst zu leiden. Dabei hatte ich eigentlich mehr Angst davor, der Realität ins Auge zu sehen, die sich nicht zum Guten verändert hatte, als davor, dass mir wirklich etwas passieren konnte. Aber die Angst vor Gewalt ist wie der Saft der Genipapo-Frucht, den Indigene zum Bemalen der Haut verwenden. Einmal aufgetragen, dauert es fast zwei Wochen, bis er wieder abgeht. Wer aber tatsächlich Gewalt erlebt hat, trägt meist ein permanentes Tattoo.

Eines Tages kam ich von der Arbeit und fühlte mich mutig. Entschlossen ging ich zur Bushaltestelle. Ich wartete eine halbe Stunde. Es war wie immer: Die Busse waren in katastrophalem Zustand, rumpelig und zu spät. Neu waren nur der Fernseher und die Klimaanlage, die auf sibirische Temperaturen eingestellt war.

Ein Sitz war schon von Kakerlaken besetzt. Ich setzte mich woanders hin. Das war eins der Details, die ich vergessen hatte. Die Sehnsucht löscht so manches Unbequeme aus dem Gedächtnis. Von *Urca* bis *Leblon* brauchten wir zweieinhalb Stunden. Als ich erleichtert und müde ausstieg, fragte ein Junge: »Was hast du da in deiner Tasche?« Ich zuckte zusammen und rannte bis zu dem Gebäude, in dem mein Vater wohnte. Meine Brust schmerzte. Ich hatte Mitleid mit mir, dem Jungen und der ganzen Stadt. Ich wünschte, mein Geburtsort wäre bei besserer Gesundheit. So wie mein Vater litt auch Rio an einer schweren Krankheit. Aber während er Chemotherapie machte und es ihm von Tag zu Tag besser ging, war für Rio keine Hilfe in Sicht. Ich befürchtete, dass sich längst Metastasen gebildet hatten. In einem Infoblatt der Klinik hatte ich gelesen, dass sich Angehörige vorsehen müssen, um nicht selbst krank zu werden. Krebs ist eine Familienkrankheit. Ich fühlte mich krank. Ein Unwohlsein, das meinen Körper umklammerte und mir die Luft zum Atmen nahm.

Ich weiß nicht mehr, was wir dann schließlich in der *Saara* gefilmt haben – einem der wenigen Orte, die sich glücklicherweise nicht verändert haben. Ich erinnere mich nur an die pure Freude, die aus den Gesichtern der sommerlich gekleideten Verkäuferinnen strahlte, und an die Ironie, an einem Ort wie diesen auf die »Madames« aus dem wohlhabenderen Süden der Stadt zu treffen, die sich hinter ihren dunklen Sonnenbrillen versteckten. Ich erinnere mich an die laute Musik, an die zerklüfteten, engen, schmutzigen Straßen und an den Geruch, eine Mischung aus arabischem Essen und den Gewürzen, die die *Casa Pedro* verkauft.

Die Entdeckung São Paulos

Von Rio nach São Paulo zu fliegen fand ich immer absurd. Ich denke gerne daran, wie es war, die Strecke mit dem Reisebus oder dem Auto zurückzulegen. Allerdings beträgt die Entfernung Rio–São Paulo etwa so viel wie einmal quer durch Deutschland. Das Flugzeug steigt auf, man ploppt die Ohren frei, das Flugzeug geht in den Sinkflug, man ploppt die Ohren frei. Mit zweimal Ohrenploppen kommt man von einer Stadt in die andere. Die Autofahrt war immer ein Erlebnis. Unterwegs machten wir zum Essen in Restaurants und an Tankstellen halt, es gab Telefonzellen und *pão de queijo*. Keine Ahnung, ob es wirklich so toll war, ich glaube, ich war einfach Kind. Wir werden unsterblich geboren und sterben im Laufe des Lebens.

Während des Fluges gebe ich vor zu schlafen. Das mache ich oft im Flugzeug, ich mag es nicht, mich zu unterhalten, wenn ich über den Wolken bin. Und schon ploppt das Ohr zum zweiten Mal, und wir sind da. Obwohl auf unserem Gepäck ein Aufkleber prangt, auf dem »Priority« steht, sind unsere Koffer die letzten, die aus dem Flugzeug geladen werden. Ich nehme mir vor, diesen »Service« nie wieder in Anspruch zu nehmen. Während ich auf das Gepäck warte, werde ich immer nervöser, weil unser Fahrer nicht ans Telefon geht. Es ist schon spät. Ich rufe den Chef an. In allen Städten, die wir bereisen, gibt es immer einen Vermittler, einen Chef. Den, den man anruft und mit dem man alles verabredet. Und dann gibt es den Typen, der einen abholt und 14 Stunden am Tag zur Verfügung steht. Den Angestellten. Schon öfters habe ich gefragt, was man in dem Job verdient, aber sie scheinen mit ihrem Verdienst zufrieden zu sein und weichen der Frage aus. Der Chef geht ans Telefon und sagt, dass Luis am Flughafen ist, aber nicht direkt am Ausgang parken kann, weil die Polizei gerade kontrolliert und dort keine Privatfahrzeuge stehen dürfen. Ich erkläre ihm, dass wir um die hundert Kilo an Ausrüstung dabeihaben. Das sei allein unser Problem. Wir schleppen uns und das Gepäck die enge Straße vor dem Flughafen entlang und finden zwischen all den anderen Vans schließlich Luis. Ein junger, hübscher Typ um die dreißig. Unser Hotel ist gut. Es liegt in *Itaim*. Ich habe keine Lust, mit irgendjemandem zu Abend zu essen und flüchte auf mein Zimmer. Ich weiß nicht, wieso ich es so eilig habe, denn auf mich wartet dort nur die Einsamkeit. Stille tut mir gut. Ich esse Erdnüsse aus der Minibar. Sieben *Reais* für ein Minipäckchen. Aber das ist mir egal. Ich mache den Fernseher nicht an. Ich ziehe mich um und schreibe meiner Freundin Bianca, um an etwas anderes zu denken. Ich ziehe die Vorhänge zur Seite. Mein Zimmer ist sehr weit oben. Ich blicke auf nicht enden wollende Häuserschluchten und zwei Palmen. Und irgendwelche anderen Bäume, aber mit Pflanzen kenne ich mich nicht gut aus. Ich weiß nur, wie man Orchideen pflegt. Manchmal begründe ich mein Händchen für diese edlen Pflanzen mit jahrelanger Erfahrung. Aber das ist gelogen. Ich habe erst vor fünf Jahren damit angefangen. Sie gedeihen mir einfach unter den Händen, ich kann mir selbst nicht erklären, wieso. In São Paulo gibt es keine Orchideen, aber das ist auch eine Lüge. Ich betrachte das unglaubliche, von Menschen geschaffene Spektakel. São Paulo ist künstlich, was nicht unbedingt schlecht ist. Zwischen den spitzen und grauen Gebäuden steht ein moderneres Haus, vermutlich ein Museum oder etwas in der Art. Ich versuche, mir vorzustellen, dass ich in Berlin bin, aber das gelingt mir nicht. Vor mir liegt ein Häusermeer, das am Horizont in einer Linie aus Zement endet. Die *Cariocas* sind darauf geeicht, São Paulo zu hassen, die Stadt hässlich zu finden. Aber der Himmel, den ich hier sehe, ist derselbe wie in Rio. Ich sollte schlafen. Am nächsten Tag wollen wir in den Stadtteil *Mooca* fahren, um ein italienisches Straßenfest zu filmen. Ich habe nicht die leiseste Ahnung, wo das Viertel liegt. Ich muss früh aufstehen, um zu recherchieren, was wir dort filmen können, wir brauchen irgendeinen Aufhänger. Die Zeiten, in denen Schlaf etwas Schönes war, sind lange her. Ich knipse mich einfach irgendwie aus, um mich nach ein paar Stunden, von einer professionellen Batterie getrieben, wieder anzuknipsen. Ich lebe, also arbeite ich. Ich dusche heiß. Ich gehe zum Frühstück und bete, dass ich dort niemanden treffe. Alle sind da. Mit dem kompletten Team zu frühstücken ist nicht mein Ding. Das Frühstück ist mein Morgenritual. Manche Leute meditieren oder machen Yoga. Ich frühstücke. Das Frühstück verbindet mich mit meinem Vater. Wir sind beide Frühaufsteher und lieben es, uns beim Frühstück über Ideen und Menschen, Dinge und ihren tieferen Sinn auszutauschen.

Es war seit jeher so: Wer zuerst wach ist, macht Frühstück und wartet auf den anderen. In Brasilien zu sein und dieses Ritual nicht leben zu können, verdirbt mir die Laune. Beim Frühstück an Arbeit zu denken ist ein schlechter Start in den Tag. Ich ziehe meine Sonnenbrille auf, trinke einen Kaffee und entschuldige mich wahrheitsgemäß damit, dass ich die Dreharbeiten vorbereiten muss. São Paulo ist zwar nicht weit von Rio, und ich bin Brasilianerin und im Südwesten des Landes geboren, aber mir ist jede deutsche Stadt vertrauter als São Paulo. Um ehrlich zu sein, ist dies das erste

Mal, dass ich diesen merkwürdigen Ort wirklich besuche. Die anderen schnellen Stippvisiten zählen nicht. Ich hatte Luis gebeten, etwas früher zu kommen, und er war da. Luis ist ein hübscher Kerl, Enkel italienischer Einwanderer mit blauen Augen. Er ist in *Mooca* geboren, was mich ein wenig beruhigt. Wir besprechen, was wir filmen wollen. Das italienische Straßenfest beginnt erst um 16 Uhr. Vorher werden wir noch auf der *Avenida Paulista*, dem Boulevard der Stadt, drehen. Pünktlich um zehn verlassen wir das Hotel. Unser Gefährt erinnert an einen Karnevalswagen: Die Tür des Vans steht offen, damit der Kameramann möglichst gute Bilder drehen kann. Wir halten ihn an seinen Kleidern fest und haben Spaß, es ist ein schöner Tag. Wir halten vor der berühmten Buchhandlung *Livraria Cultura*. Von irgendwoher kann ich *música sertaneja* hören. Ich gehe ein paar Schritte und höre *Axé*-Musik. Auf der anderen Seite der Straße geht eine schräge Performance vor sich. Schauspieler mit schönen Masken rezitieren Gedichte. Mein Herz schlägt schneller. Von allen Seiten werde ich angelächelt. Ich erkundige mich, wo ich ein Wasser kaufen kann. Alle sind freundlich. Ich vergesse das Wasser und bestelle stattdessen einen Mate. Mit einem freundlich-verneinenden Lächeln sagt die Verkäuferin, dass es in São Paulo keinen Mate gibt. Also doch ein Wasser. Ich fühle mich wohl, gehe zurück zum Auto, und Luis bringt uns nach *Mooca*. Es ist genau, wie ich es mir vorgestellt habe: Viele kleine Häuser, manche in prekärem Zustand. Wo Häuser eingestürzt sind, wurden sie von hässlichen Gebäuden ersetzt. Die langen Straßen scheinen kein Ende zu nehmen, man kann fahren und fahren und ist immer noch im selben Viertel. São Paulo ist ein Körper, und die Straßen sind wie ein Geflecht aus Adern, das vom kleinen

Zeh bis in den Kopf reicht und dabei immer in Austausch mit dem Herzen steht. Ich fühle mich, als wäre ich das Blut, das durch diese Adern fließt, durch diese alten Straßen, die von der Geschichte meines Landes erzählen. Wir filmen alte Fabriken und kleine Gassen und gehen zum Mittagessen in eine Bar. Das Essen ist gut, wie fast überall in São Paulo. Dann steigen wir ins Auto und fahren zum Straßenfest. Wir parken in einer Sackgasse gleich nebenan. Die Straße ist geschmückt. Wir sind früh dran, und die Stände werden noch aufgebaut. Italienische und portugiesische Sprachfetzen liegen in der Luft. Alte Damen kneten Teig und unterhalten sich angeregt. Sie sind in ihrer eigenen Welt. Sie lachen. Ihnen zuzusehen ist wie einen schönen Film zu sehen. Die Arbeit geht mir gut von der Hand, ich treffe unsere Interviewpartner, die Veranstalter, alles funktioniert. Das Hauptevent sind ein Vater und sein Sohn. Sie bestreiten ihren Lebensunterhalt, indem sie italienische Lieder auf Schiffen singen. Der Vater ist Italiener, der Sohn spricht kein Italienisch, singt aber in der Sprache seines Vaters. Sie treten in einer Sporthalle auf, und der Eintritt hat sich gewaschen. Dort stehen viele lange Tische und eine Bühne. Die Platzwahl ist frei, nur ein Platz ist reserviert. Der Inhaber der Reservierung ist schon da: ein alter Herr, der schon bessere Tage gesehen hat. Er hat einen Gehstock und seine Tochter dabei. Er kann kaum noch sehen. Ich lächle ihn an, und er lächelt zurück. Mir schießt durch den Kopf, dass das Leben auf ein Fundament aus Lächeln von Fremden gebaut ist.

Die Show geht gleich los. Wir machen unsere Arbeit. Als wir mit dem Dreh fertig sind, lasse ich mich erschöpft auf einen leeren Stuhl fallen. Ein Typ in Trainingsanzug kommt in meine Richtung. Ich entschuldige mich und stehe auf.

Freundlich sagt er, dass ich ruhig sitzen bleiben kann und er nur vorbei will. Ich setze mich wieder und bereue, dass ich auf dem Straßenfest nichts gegessen habe. Es ist schon nach Mitternacht. Zeit zu gehen, alle sind müde. Am nächsten Morgen wollen wir vor unserem Rückflug nach Rio noch den Stadtteil *Liberdade* besuchen, einen Ort, den ich schon lange einmal kennenlernen wollte.

Gut gelaunt wache ich auf und bestelle mir das Frühstück aufs Zimmer. Heute würden wir die japanische Seite der Stadt kennenlernen. Ich genieße es, alleine zu frühstücken und Adressen herauszusuchen. Danach setze ich mich in der Eingangshalle des Hotels auf ein Sofa, um mein Telefon zu laden. Meinen gepackten Koffer neben mir, blicke ich an die Decke und warte, dass die Zeit vergeht. Wir fahren früh los, und als wir in *Liberdade* ankommen, hat noch alles geschlossen. Wir warten auf einem Platz. Ich kann mich an keinen der Straßennamen erinnern, aber wenn ich die Augen schließe, erinnere ich mich an jedes Gesicht und an die Schriftzeichen einer mir völlig fremden Kultur. Ich höre Japanisch und sehe Japanisch auf den Schildern. Ich betrete einen Barbier, um nach dem Weg zu fragen, aber keiner spricht Portugiesisch. Ich fühle mich fremd und fehl am Platz und bin zutiefst beeindruckt davon, wie viele verschiedene Facetten ein Land haben kann.

Wir finden das japanische Restaurant, wo wir mit unserem Interviewpartner verabredet sind – einem jungen Mann von etwa achtzehn Jahren. Er erzählt uns seine Familiengeschichte. Er und sein Bruder wurden nach Japan geschickt, um dort ein Jahr die Schule zu besuchen, was ihrer Familie große Opfer abverlangte. Die Eingewöhnung war nicht leicht gewesen, besonders sein Bruder litt darunter. Aber am

Ende des Austausches ging es ihm gut in Tokio. Er mag São Paulo und wohnt etwa eine Stunde entfernt von *Liberdade*. Er ist brasilianischer Karatemeister und unterrichtet in einem Studio gleich in der Nähe des Restaurants – das nebenbei gesagt, sehr gut ist. Es ist schlicht und erinnert vom Aussehen an eine Schulkantine, nur dass dort gutes japanisches Essen serviert wird. Auf zuvorkommende Weise zeigt er uns, was es zu essen gibt. Er spricht fließend Japanisch, und obwohl er in Brasilien geboren wurde, empfindet er sich als Japaner. Wir sprechen dieselbe Sprache. Ich meine aber nicht Portugiesisch, sondern die Sprache der Einwanderer. Wenn ein Einwanderer bestimmte Dinge sagt und sein Gegenüber ein ähnliches Schicksal teilt, dann ist das beinahe, als würde in Codes gesprochen. Nur ich verstand, was er wirklich sagte. Ich hätte mich gerne länger mit ihm unterhalten, aber das Team, der nahende Abflug und unser eng getaktetes Programm verhinderten es. São Paulo hatte mir eine Welt offenbart, die nichts mit mir zu tun hatte, und genau dort hatte ich mehr über mich herausgefunden als irgendwo sonst.

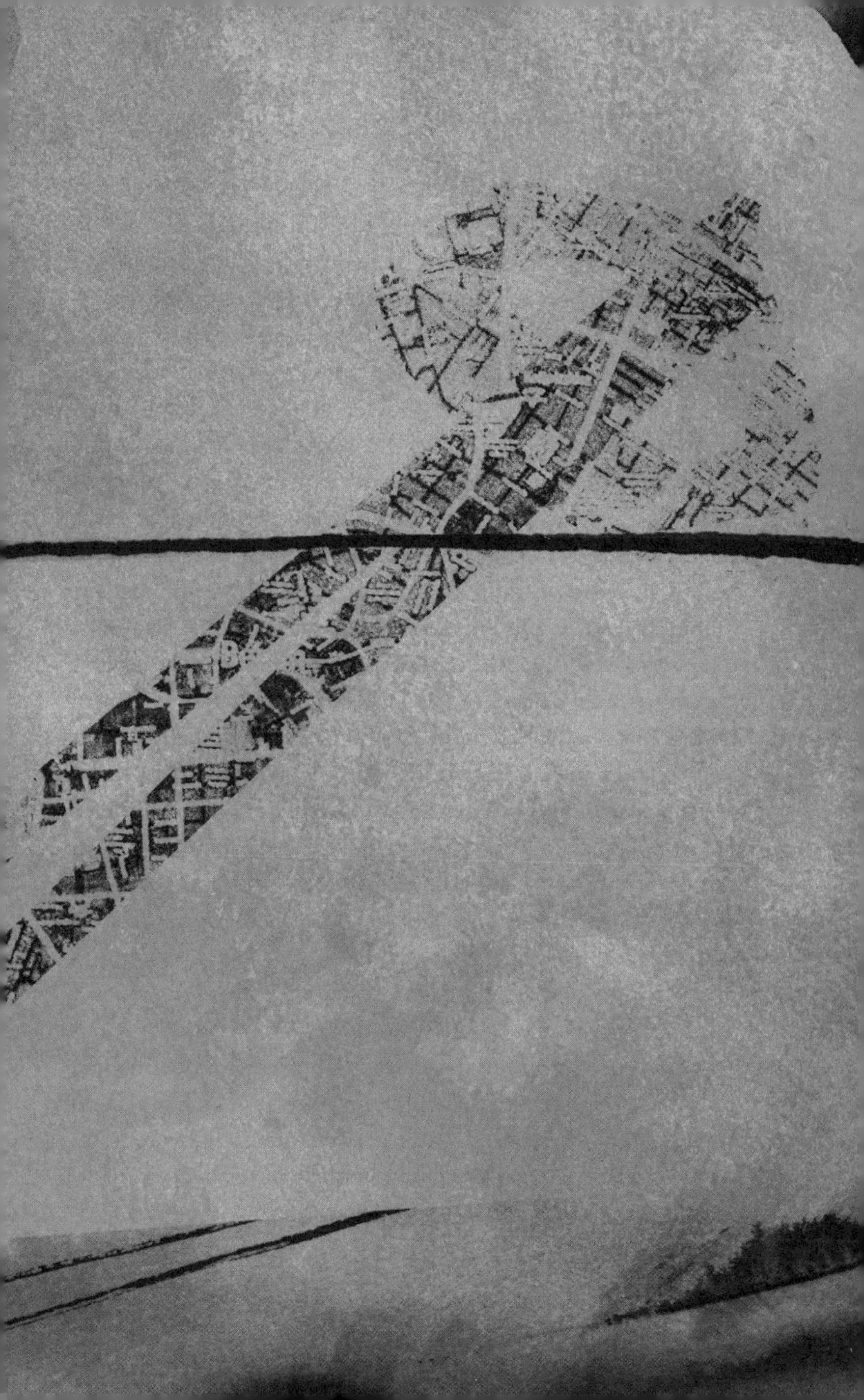

Eine schwere Entscheidung

Ich brauche Klarheit. Bleibe ich in Rio, oder gehe ich zurück nach Berlin? Die Entscheidung fällt mir schwer und sie wird mir niemals leichtfallen. Je mehr Zeit verstreicht, desto schwerer wird sie. Ich fühle mich, als würde ich ohne Unterlass durch weichen Sand laufen. Für meine Füße gibt es keinen festen Boden. Ich will Sonnentage, Orchideen an den Bäumen und meinen Vater in der Nähe. Aber ich will auch einen Bus nehmen und dabei ein Buch lesen können, ohne Angst zu haben. Ich möchte einen Job, nach Hause kommen und Zeit mit meinen Kindern verbringen. Ich sehne mich nach einem Ort, an dem die Stille Berlins und der menschliche Lärm Rios vereint sind. Dieser Ort ist wie ein eigener Planet, der nur in mir existiert. Aber was nutzt mir das, denn das, was ich will, existiert in Wirklichkeit nicht und wird es nie geben. Ich wünschte, es gäbe ein Rio, das mehr Berlin ist, und ein Berlin, das mehr Rio ist. Und ich »habe« ja beide Städte, aber in Rio entwickle ich eine spezielle Ungeduld, eine ganz eigene Unsicherheit und ein fiebriges Unglücklichsein. Dabei sollte ich doch glücklich sein. Ich muss mich daran erinnern, diesen Moment als Beispiel heranzuziehen, wenn ich den Unterschied der Verben *ser* und *estar* – beide bedeuten auf Deutsch sein – erklären will: *ser*, also sein im Sinne von »etwas ist ein unumstößlicher Fakt«, oder *estar*, sein im Sinne von »etwas ist gerade so, kann sich aber jederzeit ändern«. Im Sinne des ersten Seins in Rio glücklich zu sein – also ein glückliches Leben zu führen –, ist praktisch verpflichtend. Rio ist ein Ort, der für Glücklichsein steht. Im Sinne des zweiten Seins in Rio glücklich zu sein – also glücklich und zufrieden zu sein –, bedeutet sozial blind zu sein.

Wie kann man in dieser Stadt leben und all das Elend ausblenden? Ich beschließe, mir mehr Mühe zu geben. Ich werde mich von jetzt an so durch die Stadt bewegen, als wäre ich nie weggegangen. Routine als Beruhigungsmittel. Ich stehe früh auf und nehme den Bus. Ich muss von *Leblon* nach *Urca* fahren. Ich finde die Bushaltestelle nicht. Der Bus lässt auf sich warten, aber schließlich kommt er und ist leer. Dank der Klimaanlage ist er schön kühl. Ich begrüße den Fahrer und den Kassierer und setze mich. Die beiden unterhalten sich angeregt über ein Fußballspiel und grüßen mich halbherzig zurück.

Ich höre Musik. Die Fahrt an sich verläuft gut, es gibt nur das kleine Problem, dass sie einfach nicht enden will. Wir fahren durch *Leblon, Jardim Botânico*, *Botafogo* und als wir endlich den Strand von *Botafogo* erreichen, atme ich auf. Ich kann den Zuckerhut sehen, der in *Urca* liegt. Aber zu früh gefreut! Der Bus fährt erst noch eine große Schleife am Strand von *Botafogo* entlang, bevor er endlich nach *Urca* abbiegt. Wir brauchen fast zwei Stunden für eine Strecke, für die man auf direktem Wege eine halbe benötigt. Mit flauem Magen und weiteren Nebenwirkungen vom Dauerruckeln steige ich aus dem Bus. Endlich habe ich das Studio erreicht. Aber als wäre damit nicht genug, brutzele ich noch 20 Minuten in der Sonne, bis ich endlich meinen Schlüssel finde. Klingeln möchte ich nicht, ich habe keine Lust, mich zu unterhalten.

Ich versuche, mir die Laune nicht verderben zu lassen, steige die Treppen hoch und gehe in mein Büro. Ich bin die Erste. Ein Krallenäffchen, ein *mico*, kommt ans Fenster, um mich zu begrüßen. Ich kann das Meer sehen. Das Grün der Bäume strahlt im Sonnenlicht. Mein Büro ist ein einziges Spiel aus Schatten und Licht. Meine Haut prickelt von der Hitze. Ich weiß wieder, wie es sich anfühlt, eine *Carioca* zu sein. Ich erinnere mich an meine Kindheit im *Aterro do Flamengo* und daran, wie sich meine Baumwollshorts anfühlten. An die Königspalmen im Park des *Museu da República*. Es war herrlich, die heißen Tage dort zu verbringen. In dem Park stehen Bronzestatuen. Eine zeigt einen Indigenen, der eine Schlange tötet. Ich hatte Angst davor, aber trotzdem betrachtete und berührte ich sie gerne. Sie war auch bei 40 Grad noch schön kühl, weil sie im Schatten stand. Manchmal war ich mutig und kletterte auf die Statue. Dann fühlte ich mich unbesiegbar.

Flirte ich etwa gerade mit meiner Kindheit oder der Stadt, die zu lieben ich vor langer Zeit aufgegeben habe? Erleide ich einen Rückfall?

Einen Monat lang spiele ich Touristin und suche Erinnerungsorte auf. Ich fahre nach *Catete*, esse *Caldo de Cana*, esse *Pastel*. Ich besuche den *Tijuca*-Nationalpark und füttere die Affen dort mit Bananen. Ich schlendere über den *Lago do Machado* und esse *esfiha*. In mir macht sich unbändige Sehnsucht nach meinen Onkeln und dreizehnjährigen Freunden breit. Ich schließe die Augen und kann den Popcornverkäufer vor der Schule, umringt von einer Menschentraube, vor mir sehen. Die hellblaue Schuluniform. Mir wird schwindelig, ich öffne die Augen und versuche, meine Vergangenheit und meine Zukunft unter einen Hut zu bekommen. Es klappt nicht. Die Vergangenheit faltet man zusammen wie ein Blatt Papier, damit sie besser in die Zukunft passt. Und genau das versuche ich. Die Zukunft hat keine Gestalt, sie wechselt ständig ihre Größe und nimmt die merkwürdigsten Formen an. Die Zukunft ist wie eine Seifenblase, schön anzusehen und sehr empfindlich. In ihr ist kein Platz für die Vergangenheit. Sie würde zerplatzen. Ich habe Angst, meine Zukunft zerplatzen zu lassen, und gehe. Ich nehme ein Taxi. Ich habe keine Kraft, einen Bus zu erklimmen.

Der Ausflug in die Vergangenheit war anstrengend. Die Vergangenheit hat diese Eigenschaft: Sie ist kräftezehrend. Sie wiegt schwer. Ich atme tief ein und beschließe, meine Mutter zu besuchen. Ich bin zurück in der Gegenwart. Ich bin erleichtert. Meine Gedanken gelten wieder dem Hier und Jetzt. Meine Mutter freut sich über den Besuch, hat aber nicht viel Zeit. Sie muss zur Probe ihres Seniorenchores. Ich nehme wieder ein Taxi und fahre nach *Leblon*. Nach drei Monaten kommen endlich meine Söhne an. Ich muss die Wohnung aufräumen, eine Schule finden und so viel mehr. Das alles widerstrebt mir, weil Rio immer mehr zu meiner Vergangenheit wird. In meiner Gegenwart ist mir die Stadt zunehmend unbequem. Ich sehe meine Zukunft nicht mehr hier.

Ich bin früh wach. Ich habe den Tag frei, meine Kinder kommen heute an. Im Leben gibt es viele schwere Momente, aber die letzten Monate werden für mich als der längste Albtraum aller Zeiten in die Geschichte eingehen.

Ich rufe Zé an, einen Fahrer, der Fahrten zum Flughafen anbietet. Es werden einige Koffer ankommen. Und meine Söhne. Meine Brust wird eng. Ich habe in einem Artikel gelesen, dass Frauen häufiger als Männer an Infarkten sterben, die durch gebrochene Herzen ausgelöst werden. Zu meinem Erstaunen war mein Herz stärker als ich. Während mein Körper mir den Dienst versagte, schlug es einfach weiter. Es hat mich die ganzen zwei Monate über alleine am Leben gehalten und Blut durch meine Adern gepumpt.

Nachts hatte ich seine Schläge hören können, wenn sie von meinem Kopfkissen widerhallten. Ich dachte zunächst, ich hätte Bluthochdruck, aber es war einfach nur mein Herz, das versuchte, das am Leben zu halten, was der Kopf nicht vermochte.

Das Flugzeug ist gelandet. Ich setze meine Sonnenbrille auf. Ich möchte meinen Schmerz mit niemandem teilen. Das Atmen fällt mir schwer. Ich muss daran denken, was ich in den letzten drei Monaten erlebt habe. Wie der Tod versucht hat, so viele Wiedersehen zu vereiteln. Für wen hält sich mein Leben eigentlich? Rüttelnde Flugzeuge, Autounfälle. Im *Pará* hatten wir mitten im Nirgendwo einen Autounfall. In Rio saß ich in einem Taxi, das in einem Tunnel auf ein anderes Auto fuhr. Glücklicherweise hatte ich mich festhalten können. Einen Sicherheitsgurt gab es nicht. Ich tat so, als wäre nichts geschehen, stieg mit der verletzten und tauben Hand in ein anderes Taxi und fuhr zu meinem Vater ins Krankenhaus. Wie hätte ich meiner Schwester und meinem Vater erzählen können, dass ich einen Autounfall gehabt hatte? Es war nicht an mir, einen Unfall zu haben oder krank zu werden. Mein Vater hatte eine sechsstündige Operation hinter sich. Was für ein Recht hatte ich da, physische Schmerzen zu spüren? Aber in das Herz kann keiner sehen, und meines ist besonders gut versteckt. In meinem Herzen kann ich hemmungslos leiden. Im Schutz meines Körpers kann ich denken und mir ausmalen, was ich will. Die Sonnenbrille ist ein großes Tor, das den Eingang zu allen anderen Türen verriegelt.

Der Flughafen quoll wie immer über vor Menschen, die auf Freunde, Familie, Arbeitskollegen warteten. Ein normaler Tag am *Galeão*. Ich wartete auf mich. Ein Teil von mir saß in diesem Flugzeug. Der hohle Körper in der Ankunftshalle war zwar meiner, aber die Seele ist nicht an den Körper gebunden. Die menschliche Existenz ist sehr abstrakt. Unser Abbild, das auf Fotos erscheint, ist nichts weiter als ein Farbklecks, der im Laufe der Jahre oder mit dem Tod verblasst. Es geht los. Die Passagiere kommen heraus. Deutsche Damen mit roten Backen, müde, aber fröhlich Hallo sagend. Geschäftsmänner. Familien mit schlafenden Kindern in Kinderwagen. Zerknitterte Gesichter, Flugzeuggeruch.

Und da kommen zwei kleine Kerle angerannt. Sehr kleine Kerle. Von allen Kindern, die durch den Zoll kommen, sind sie die aufgekratztesten. Ich lasse mich auf die Knie fallen. Ich trage ein Kleid, aber es ist mir egal, dass ich mit bloßen Beinen auf dem Boden knie. Auch meine Tasche landet auf dem Boden. Ich umarme, fühle die Wärme, höre die Stimmen.

Keine Ahnung, wie lange ich da so hockte. Ich kann mich nicht erinnern. Ich weiß nur noch, dass es mehr als eine halbe Stunde war. So viel Zeit brauchte ich, um meine Kräfte zu sammeln und zu versuchen in kindlich bunten Worten zu beschreiben, was ich in den langen Monaten der Trennung gemacht hatte. Meine Tasche lag einen Meter von mir entfernt. In diesem Moment war mir vollkommen egal, dass ich meine Papiere verlieren oder beklaut werden könnte. Und es interessierte sich niemand für meine Habseligkeiten. Wahrscheinlich war es für die, die in der Nähe standen, viel interessanter, die liebevolle Szene zu beobachten. Ich habe mitbekommen, wie eine junge Frau ein Foto gemacht hat. Manchmal denke ich an dieses Foto. Wem hat sie es gezeigt? Ob es gut geworden ist? Hat sie es vielleicht einfach wieder gelöscht, und niemand hat es je gesehen? Ich brauche es nicht zu sehen, das Negativ hat sich mir eingebrannt.

Mein Mann und mein Schwiegervater nahmen ein Taxi. Ich fuhr mit den Jungs, den Koffern und Zé zur Wohnung meines Vaters. Hand in Hand fuhren wir den hässlichen Weg zurück, der zum Flughafen führt. Anhand der vorüberziehenden Landschaft erzählte ich meine Geschichte: Die Universität auf der *Ilha do Fundão,* dann auf der *Avenida Brasil* die Ruine des verlassenen Gebäudes des *Journal do Brasil.* Wir erreichten die Berge und kamen in die *Zona Sul*, fuhren entlang der Lagune *Lagoa Rodrigo de Freitas*, für die *Cariocas* einfach nur *Lagoa*. Der Verkehr lief schleppend. Ich war überglücklich. Plötzlich war das Leben so schön wie die Stadt, die uns so freundlich aufnahm. Die kleinen Hände in meinen verliehen mir Flügel. Ich flog weit weg von all meinen Krisen, Konflikten und Ernüchterungen. Meine Welt drehte sich wieder um meine Kinder, und ich redete fröhlich drauflos. Ich erzählte von den Tapiren und Tukanen im botanischen Garten, von den unzähligen Orchideen, vom Strand und vom Swimmingpool. Von den Cousinen, den Freunden, von allem, was schön war, und niemand hätte gewagt, mir zu widersprechen. Zé wurde von meiner Begeisterung angesteckt und bot uns an, einen Abstecher über den *Parque da Tijuca* zu machen. Ich war für alles zu haben. Das war die Chance, die Stadt wieder zu meiner zu machen. Eine Möglichkeit, dass sich meine Kinder als Brasilianer, als *Cariocas* fühlen. Vielleicht war es möglich, durch ihre Augen ein Rio wiederzuentdecken, das schön, warm und ein Postkartenmotiv ist. Ich erreichte *Leblon* mit Koffern, meinen Kindern und neuer Hoffnung im Gepäck.

Tiefpunkt

Antriebslosigkeit beherrscht den Körper. Die Erinnerungen an die Strände von *Paraty*, *Pernambuco* und *Restinga de Marambaia* sind ein wirres Ganzes. Wie ist es möglich, dass so viel Schönheit keinen Frieden bringt? Aber wo Schmerzen sind, kann sich selbst der schönste blaue Tag mit einem Wimpernschlag in einen grauen verwandeln.

Ich fühle mich krank.

Kristallklares Wasser, feiner weißer Sand, der an Maniokmehl erinnert, Tatuí-Tierchen, Fische, kleine Krebse. Die brennende Sonne erwärmt von innen, was außen krankt.

Der unermüdlich türkisblau strahlende Himmel. Es gibt keinen blaueren Himmel als den über Brasilien. Das Licht. Perfekter kann die Erde nicht beleuchtet werden. Das Grün der Bäume beleidigt jeden, der an ihnen vorübergeht. Die Palmen. Das Paradies Brasilien. Ich fühle mich ins Jahr 1500 zurückversetzt. Ich schließe die Augen und vergesse alle und alles um mich herum. Ich will keinen Pass, keine Nationalität, ich will einfach nur sein. Ich atme, ohne zu denken. Ich bewege meinen Fuß und stoße gegen eine Plastikflasche. Ich werfe sie in den Müll.

Es war, als hätte ich zehn Jahre in ein paar Monaten erlebt. Ich hatte Orte auf intensive und oft sehr harte Art und Weise kennengelernt. Erlebnisse brennen sich entweder in die Erinnerung ein, oder wir vergessen die Gegebenheit mit ihren Details und Bildern einfach wieder. Aber die emotionalen und olfaktorischen Erinnerungen sind unauslöschlich, ob wir wollen oder nicht. Ein Parfum, ein Geruch reicht aus, um Bilder und Geschichten explodieren zu lassen, die in uns schlummern.

Von Pernambuco habe ich zwar wenig gesehen, aber doch ein paar Fetzen mitgenommen, die Teil meiner Patchworkdecke aus Emotionen geworden sind. Wir haben dort eine filmreife Hochzeit dokumentiert. Unser Hotel war eine alte Fazenda. Eine von Palmen gesäumte Straße führte zur Rezeption. Ich kam mir vor wie in einem Film aus den 70er Jahren.

Ich versuche mich auf die Arbeit zu konzentrieren und fülle Anmeldungsformulare für das gesamte Team aus. Wir sind zu fünft. Ich bin die einzige Frau. Am liebsten mag ich den Norweger Sven. Er ist mit Begeisterung bei der Sache, und sein Portugiesisch ist wunderbar umgangssprachlich. Mein Vater nennt uns die »Fremdenlegion«. Allen geht es gut. Eine Hochzeit an einem der schönsten Orte Brasiliens zu filmen ist kein alltäglicher Job.

Der *Praia dos Carneiros* ist ein ganz besonderer Ort. Bevor wir mit den Dreharbeiten beginnen, wollen wir zu Mittag essen. Der Inhaber des Hotels setzt sich zu uns. Er sieht aus, als wäre er einer Fernsehserie oder einer grotesken Klischee-Telenovela über den Nordosten Brasiliens entsprungen. Er hat einen weißen Bart und helle Augen. Er war sicher einmal sehr gutaussehend. Ich mag Menschen. Oft sehe ich viel mehr Schönheit, als in Wirklichkeit existiert – selbst da noch, wo gar keine vorhanden ist. Ich denke mir Menschen immer besser, als sie sind. In meinen Freunden sehe ich nur das Gute, ihre Fehler sind in meinen Augen liebenswert. Mit Fremden mache ich es genauso. Der Inhaber wirkt auf mich zunächst wie ein angenehmer und eloquenter Mann. Aber dann entwickelt er sich zu einem Monster. Er behandelt die Angestellten schlecht. Er macht sich über seinen Koch lustig. Wir wollen in Ruhe essen, aber die Situation wird immer unerträglicher. Er spricht von Zahlen, davon, wie reich er ist, dass er aus gutem Hause kommt, dass seine Fazenda, die Monokultur betreibt, einmal Tausende von Hektar größer als heute war, er aber von der Regierung enteignet wurde, da seine Landwirtschaft als unproduktiv eingestuft wurde. Ich würde am liebsten laut jubeln, finde es aber klüger, ins Leere zu schauen und ab und zu ein »Hm« von mir zu geben.

Wir blieben drei Tage. Der Großgrundbesitzer belästigte uns bei all unseren Mahlzeiten. Er hatte einen deutschen Geschäftspartner, der sich ein einziges Mal blicken ließ. Er war sympathisch und freundlich und schien sich für die Haltung seines Freundes zu schämen. Der Deutsche sah zufrieden aus. Er war mit einer Brasilianerin verheiratet und sagte von sich, er sei glücklich. Der Weißbart hatte eine Ehefrau, die gerade der Pubertät entwachsen war. Ganz klassisch.

Meine Erinnerungen an diese Tage könnten aus Bildern vom Strand und dem schönen Pool des Hotels bestehen, das von Palmen umgeben war. Aber dieser Mann will mir einfach nicht aus dem Kopf gehen. Beim Mittagessen eines langen Arbeitstages von armseligen, widerwärtigen Gedanken und einem verzerrten Blick auf die Welt belästigt zu werden, hinterlässt Spuren. Es beruhigt mich auch nicht, dass ich ihn nie wiedersehen muss. Denn ich bin mir sicher, dass er jetzt unbeirrt andere mit seinen Gedanken weiterbelästigt.

An diesem Ort wurde ich 39. In einem Hotel mit einem Inhaber, der mich deprimierte, umgeben von paradiesischen Stränden und vier Kollegen bei einer Hochzeit, die einer Telenovela würdig war. Auf diesem wunderschönen, warmen Fleckchen Erde vermisste ich die kalten Berliner Tage. Es war das altbekannte Gefühl, keinen Boden unter den Füßen zu haben, keinen, der meiner war. Das Gefühl, nicht dazuzugehören. Dasselbe Gefühl, wenn Eltern sich trennen oder jemand, den man lieb hat, krank wird. Dann gibt es kein Fundament, kein Gerüst, das das zerbrechliche Wohlbefinden stabilisieren kann. Das strahlende Sonnenlicht ertränkte mich in einer durchsichtigen und geruchlosen Traurigkeit. Ich lächelte höflich und beteiligte mich an Gesprächen, ohne wirklich anwesend zu sein. Von außen hell angestrahlt, von innen ausgeknipst. Das Meereswasser brachte mich zwar auf andere Gedanken, konnte meine Traurigkeit aber auch nicht abwaschen. Es war, als ob all meine Unsicherheiten in dem hellen Licht zutage traten.

Zurück in Rio wollte ich allen erzählen, was ich geleistet hatte. Wie ich es geschafft hatte, drei Kameras, eine Drohne und einen unambitionierten Zeremonienmeister zu koordinieren. Aber wenn man anfängt, eine Geschichte zu erzählen, auf die man selbst keine Lust hat, kann sie auch kein Zuhörer spannend finden. Es gibt Geschichten, die nur für die interessant sind, die sie erlebt haben. Manchmal setze ich an, jemandem etwas zu erzählen, gebe aber auf halber Strecke auf. Ich finde die Geschichte langweilig, und mir versiegt die Sprache. Ich wechsele das Thema.

Ich sitze auf dem Sofa und Panik steigt in mir auf, weil ich weiß, dass ein Krankenwagen in Rio nicht in weniger als fünf Minuten da ist, wie in Berlin. »Nehmen Sie ein Taxi«, höre ich den Mann von der Krankenversicherung sagen, die ich in meiner Not angerufen habe. Meinem Vater geht es nicht gut. Ohne klar denken zu können, beschließe ich zu warten.

Anderthalb Stunden später ist der Krankenwagen da. Die Sanitäter sind freundlich. Sie hatten im Stau festgesteckt.

»Was für ein Glück, dass er es sich leisten kann zu warten«, sagt einer der Sanitäter. Ich nicke, ich habe keine Lust das Gespräch zu vertiefen.

Seit ich von meiner Reise zurück war, ging es meinem Vater nicht gut, und seit drei Tagen hatte ich kaum geschlafen. Ich wollte duschen, ein bisschen vor die Tür gehen und mich daran erinnern, wie ich vor all dem gewesen war. Wie ich war, als ich noch dachte, dass es für alles eine Lösung gibt. Ich wollte mich daran erinnern, wie mich Dinge wie eine duftende Seife, ein Glas kaltes Wasser, eine Theaterkarte oder ein neues Buch glücklich machen konnten. Daran, wie stolz ich gewesen war, als ich endlich eine bessere Wohnung gefunden hatte. Ich wollte die Zeit zurückdrehen, den Besuch meines Vaters in Berlin noch einmal erleben, den Moment, in dem er meinen abgewetzten Fußboden sah, die improvisierte und seit dem Zweiten Weltkrieg nie wirklich zu Ende gebrachte Renovierung betrachtete und schlussfolgerte: »Du gibst dich mit dem zufrieden, was du hast.« Ich möchte auch weiterhin mit dem zufrieden sein, was ich habe, aber ich will jetzt viel mehr. Ich will, dass mein Vater gesund wird, ich will, dass er ewig lebt.

Heimweh

Plötzlich war die Sehnsucht nach Berlin da. Echte *Saudade*, Heimweh. Es war ein schöner Tag gewesen, ich hatte mit Freunden *Feijoada* gegessen und Bücher gekauft. Es passierte am späten Nachmittag. Ich saß zwischen den Kindern auf dem Sofa und aß ein Eis am Stiel, Geschmack *Doce de Leite*. Im Fernsehen wurde irgendein belangloser deutscher Film gezeigt, ich weiß nicht mal mehr, worum es ging. Aber ich hörte die Sprache. In den letzten Wochen hatte ich auf der Straße öfter Deutsch mit meinen Söhnen gesprochen. Hauptsächlich um unsere Gespräche durch die »Geheimsprache« vor neugierigen Ohren zu schützen. Es war befreiend, mit seinen Kindern einfach so drauflosreden zu können, ohne dass einen jemand verstehen konnte. Deutsch war seit neun Jahren Teil meines Alltags und fehlte mir, wenn ich es nicht sprechen konnte. Wie bekommt man eine Sprache, eine Kultur, die sich seit so Langem wie ein waghalsiges Überholmanöver in meinem Kopf befindet, wieder aus dem System? In dem Film schneite es, und ich umklammerte mein Eis, um in mir die Erinnerung an die Kälte wachzurufen. Die Hitze in Rio de Janeiro lässt jeden deutschen Winter wie eine absurde Filmidee wirken.

Ich beschließe, meinen Problemen ins Auge zu sehen. Ich habe die lauteste und teuerste Wohnung in *Botafogo* gemietet und muss sie jetzt wieder loswerden. Die Busse fahren auch mitten in der Nacht ins rechte Ohr rein, aus dem linken wieder raus und dann mit dem Fahrstuhl nach unten. Ich glaube, ich höre eine Hupe, aber das kann auch Einbildung sein. Drei Monate in Rio hatten genügt, um jetzt über eine Rückkehr nach Berlin nachzudenken. Mein Vater schläft im

Nebenzimmer, und mir wird eng ums Herz. Mein Vater hat immer gesagt: »Meine Tochter, wir können uns glücklich schätzen, dass wir gesund sind.« Und mein Vater hat immer recht. Wie können wir ihn alleine lassen? Wie können wir ihn alleine und krank zurücklassen? Ich reibe mir die Augen, um die Tränen zu vertreiben. So mache ich das immer. Wenn jemand in der Nähe ist, lüge ich schamlos und behaupte, ich hätte etwas ins Auge bekommen. Dabei habe ich nichts ins Auge bekommen, im Gegenteil, aus meinen Augen will die Angst vor dem Leben hinaus. Ich glaube, ich werde in Zukunft einfach sagen, ich habe einen Krümel Unglück ins Auge bekommen.

In den letzten drei Monaten war ich um zehn Jahre gealtert. Das zeigte sich an den Augenringen, an den weißen Haaren und den Rückenschmerzen. Ich wusch mich, ernährte mich, zog mich an – alles war wie immer, nur irgendwie viel anstrengender.

Ich versuche mich wieder auf mein Eis zu konzentrieren, das schmilzt und auf meine Beine tropft. Ich muss zurück nach Berlin, es geht nicht anders. Meine Arbeit ist frustrierend und langweilig. Entweder werde ich auf Reisen geschickt oder habe sehr viel zu tun. Meine Söhne sehe ich kaum, und um meinen Vater kann ich mich nicht ausreichend kümmern. Ich bekomme Panikattacken in Flugzeugen. Ich habe Angst, zu verlassen und verlassen zu werden. In diesem zermürbenden Moment gibt es niemanden – keinen Freund, kein Familienmitglied –, der mir helfen kann. Ich wünsche mir so sehr, dass mir einfach jemand sagt, was ich tun soll. Ich beneide die Kinder, sie wissen nicht, was für ein Glück es ist, wenn einem jemand sagt, wo's langgeht. Wenn ich jetzt eine Anweisung erhielte, würde ich ihr widerstandslos Folge leisten.

Aber das ist nicht wahr. Anweisungen habe ich noch nie befolgt. Mir ist diese spezielle Sturheit zu eigen, die mich durch mein improvisiertes Leben leitet. Sie entspringt dem Bestreben danach, so zu sein wie die Wellensittiche meines Vaters. Was zählt, ist in Freiheit zu sterben. Wenn ich ein Buch fertig gelesen habe, brauche ich ein neues. Auf ein Kapitel muss das nächste folgen. Das ist der Zustand, in dem ich mich am wohlsten fühle – immer in Bewegung. Aber zwischen den turbulenten, actiongeladenen Kapiteln brauche ich auch reflexive.

Mir kommt eine Szene aus meiner Kindheit in den Sinn: Ich wache früh auf, vor allen anderen. Mit vorsichtigen Schritten fliege ich den Weg ins Wohnzimmer und erreiche das Fenster. Ohne mich in Gefahr zu begeben – wir wohnen im Erdgeschoss –, setze ich mich auf die Fensterbank und sehe den Tauben beim Fressen zu. Es ist früh, die Stadt wacht gerade erst auf, außer dem Vogelgezwitscher sind noch keine Geräusche zu hören. Die Hitze des Tages entwickelt sich langsam und erwärmt behutsam mein Gesicht. Ich bin vier Jahre alt und erfüllt von purem Frieden. Mit vier ist Glück unendlich. Ich höre die Schritte meines Vaters. Nach dem Aufwachen geht er direkt in die Küche. Ich verlasse meinen Platz erst, wenn ich Kaffeeduft rieche. Dann hüpfe ich von der Fensterbank aufs Sofa und renne zum Tisch. Er macht mir Milchkaffee und ein warmes Brötchen mit geschmolzener Butter. Es gibt nichts Besseres auf dieser Welt. Auch nicht in den besten Restaurants von New York oder Paris. Kein Gericht der besten Köche der Welt kommt an Milchkaffee mit warmen, gebutterten Brötchen ran. Unter den Dingen, die mich mit meinem Vater verbinden, nimmt das Frühstück einen besonderen Stellenwert ein.

Meine Biografie in Kurzfassung würde so lauten: Sie wurde geboren, frühstückte mit ihrem Vater und starb.

Ich erhebe mich vom Sofa und mache Kaffee. Ich trinke ihn eimerweise auf der Terrasse mit Blick auf die *Dois Irmãos*, die Bergformation, die sich »Zwei Brüder« nennt. Wie oft schon habe ich mich von ihnen geschützt und beschützt gefühlt, und ich hoffe, dass sie sich auch dieses Mal wieder meiner annehmen und mich nicht im Stich lassen werden.

Besuch

Ich muss nach Berlin, um den Einbürgerungstest zu machen.

Kaum hatte ich den Antrag abgegeben, da wurde mir der Job in Brasilien angeboten. Das Leben kann immer noch komplizierter werden, und das tut es in der Regel auch. V. J., also in meiner Zeitrechnung vor dem Jobangebot, ging es mir gut in Berlin. Wir hatten Perspektiven, vielleicht fehlte uns ein Hund. Mein Leben ist wie ein Flickenteppich aus verschiedensten Stoffresten, und ich mag es so. Eine gelungene Mischung aus Geldverdienen und Ambitionen. Der einzige Teil, der nicht zusammengeschustert sein darf, sondern aus einem Stück sein muss, ist der innere Frieden. Es muss groß genug sein, um die ganze Familie einzukleiden und aus den Rest etwas für Freunde zu schneidern.

Jetzt würde also der Moment kommen, in dem ich eine Deutsche werden könnte. Ich sage immer, ich werde »Teutsche«. Das ist so einer von den Witzen, die nur derjenige, der ihn macht, lustig findet. Ich lache alleine darüber. Als ich das einmal vor einem Bekannten sagte, korrigierte er meine Aussprache. Aber ich beharrte darauf. »Ich werde höchstens ›Teutsche‹, eine Deutsche werde ich nie.« Ich wurde in Brasilien geboren, mit dreißig bin ich ausgewandert. Die zehn wichtigsten Jahre meines Lebens habe ich in Deutschland verbracht. Ich spreche Deutsch, ich denke und ernähre mich deutsch. Aber als mein neugeborenes Baby operiert werden musste, wollte ich Englisch sprechen. Es war einfach zu hart, die Sprache mit einem solchem Grad an Leiden und Hilflosigkeit in Verbindung zu bringen. Es war mir unmöglich, den Arzt auf Deutsch zu fragen, ob mein Sohn sterben könnte. Nach der Operation, als sich der

Abgrund langsam wieder schloss, ging ich zur großen Verwunderung des Ärzteteams dazu über, fließend Deutsch zu sprechen. Ich hatte zwei Wochen in der Hölle verbracht, und dort konnte ich kein Deutsch sprechen.

Nach neun Jahren in Deutschland bin ich bereit, »verstaatlicht« zu werden. Bereit, einer neuen Nationalität Raum zu geben und einen Teil meiner bestehenden Identität loszulassen. Es ist, wie einen Kleiderschrank auszumisten. Damit Platz für neue Kleider ist, muss man sich von alten trennen. Von welchen alten Kleidern würde ich mich trennen müssen? Was für einen Preis würde ich für diese Veränderung bezahlen? Wer glaubt, es handle sich dabei einfach nur um ein Papier, der irrt. Es ist mehr als das. Die Nationalität ist wie eine Hülle, die dich schützt und dem Einwanderer-Dasein mehr Leichtigkeit verleiht. Als Brasilianerin falle ich in ein Raster, das individuelle Eigenschaften vor Kritik schützt. Ich ziehe das Brasilianerin-Sein über und kann auf der Straße laut lachen und bunte Kleider tragen. Brasilianerinnen dürfen fröhlich sein und unverbindlich. Diese Nationalität abzulegen und die deutsche anzunehmen bringt Vorteile mit sich, aber auch Verluste. Die deutsche Hülle ist ernster, das einzig Bunte am Deutschsein ist der Pass. Als Deutsche muss man das Leben ernsthafter leben. Die unfreundlichen Gesichter in öffentlichen Ämtern werden zwar seltener, aber auch die Toleranz für Grammatikfehler schwindet. Irgendwo zwischen Ausweispapieren und Sprachen, Liebe und Vermissen, Währungen und Wohnorten muss ich in mir einen Kompromiss finden, eine imaginäre Grenze, und dort meine Balance gewinnen. Ein echter Drahtseilakt, für den es viel Kraft und Geschick bedarf, um nicht unwiederbringlich auf eine der beiden Seiten zu fallen.

Der Flug ist gebucht. Ich packe den Koffer. Nur meine wenigen Winterklamotten kommen mit. Noch merkwürdiger, als meine Kinder in Berlin zurückzulassen und nach Rio zu fliegen, ist es jetzt andersherum. Ich versuche, nicht darüber nachzudenken, es sind ja nur zehn Tage. Wie immer ist der Flug eine unangenehme Angelegenheit. Ich lande in Frankfurt und freue mich darüber zu frieren. Von dort fahre ich lieber mit dem Zug weiter, das Kofferschleppen nehme ich gerne in Kauf. Im Speisewagen des ICE trinke ich einen Kaffee. Ich lese Zeitung, aus dem Augenwinkel sehe ich die vorüberziehende Landschaft. Ich fahre sehr gerne Zug. Neben mir unterhält sich angeregt eine Gruppe. Sie teilen sich ihre mitgebrachten Brote. Am späten Nachmittag erreiche ich Berlin. Es ist kalt und regnerisch. Ich habe keine Lust, die U-Bahn zu nehmen und gehe langsam zum Taxistand. Der Fahrer hat schlechte Laune. Ich fühle mich leicht, ich bin zu Hause.

Ich bin eine Stunde zu früh zum Einbürgerungstest da. Der Januartag ist grau, so wie die meisten Wintertage. Die Prüfung findet in einem abgelegenen, ebenso grauen Gebäude statt. Im Eingangsbereich befinden sich weder Bänke noch Stühle. Ich mache es mir auf der Treppe bequem. Kaum sitze ich, öffnet sich die Tür, und eine Frau kommt herein. Ich biete ihr einen Platz auf der Treppe und ein Lächeln an. Auf das Platzangebot geht sie ein, dann nimmt sie ihr Telefon aus der Tasche. Sie spricht mit jemandem in einer anderen Sprache, ich glaube Türkisch. Sie redet eine Weile. Ich packe mein Lächeln wieder ein und widme mich wieder meinem Telefon, um auf einer gut durchdachten Website die Fragen zu üben. In der Prüfung werden 33 Fragen gestellt. Um Deutsche zu werden, muss man 16 richtig beantworten.

Die Fragen sind relativ einfach: Welche Farben hat die Bundesflagge, wie viele Einwohner hat Deutschland, wie viele Bundesländer gibt es, und wie heißen ihre Hauptstädte? Ich verwechsle Helmut Kohl und Helmut Schmidt. Ich habe die Hauptstadt eines Bundeslandes, in dem ich noch nie gewesen bin, vergessen. Und wenn ich auf Deutsch denke, verwechsle ich oft den Dativ mit dem Akkusativ. Ich habe hier viele brasilianische Freunde. Mehr als in meine Wohnung passen. Für den Test zu lernen ist eine Palliativmaßnahme. Und so kurz vorher noch zu lernen ein kultureller Charakterzug?

Ich bin in Rio de Janeiro geboren. Der schönsten Stadt der Welt. Wenn man ausblendet, wie viel Gewalt herrscht, wie sehr die Stadt heruntergekommen ist und was für Menschen dort leben, ist sie wirklich der schönste Ort der Welt. Wo findet man sonst solche Temperaturen gepaart mit einer so überwältigenden Schönheit in Form von Bergen und salzigem Atlantikwasser? Manchmal verliere ich mich in Gedanken. Ich verliere mich ständig in Gedanken, das ist eine meiner Stärken. Oder eine meiner Schwächen, je nachdem. Oft bringe ich meine Gedanken zum Stillstand und spüre mit offenen Augen meine warmen Füße im Sand, meinen vom Meerwasser kühlen Körper. Ich betrachte die einmotorigen Flugzeuge, die über dem Strand ihre Runden drehen und ihn mit der Werbung, die sie hinter sich herziehen, bunter machen. Rio ist der Name der Stadt und bedeutet auf Portugiesisch sowohl Fluss als auch »ich lache«. In meine Ohren dringt der bunte Lärmteppich der Strandverkäufer: »Wasser, Wasser, Limonade, Mate!« Mein Vater lebt seit über zwanzig Jahren in *Leblon*. Ein privilegiertes Viertel. Meine Mutter lebt in *Flamengo*.

Und trotzdem war ich nie wieder im *Aterro do Flamengo* spazieren. Meine Mutter hat dort auch Angst. Manchmal ist es sicher, manchmal gar nicht. Diese Logik einem deutschen Freund zu erklären, ist schier unmöglich. Ich habe es aufgegeben. Meine deutschen Freunde verstehen auch nicht, wieso ich ein Paradies mit sengenden Temperaturen aufgegeben habe. Die Tropen. Wenn ich eine Antwort darauf hätte, würde ich sie geben. Je mehr Tage vergehen, desto mehr bemerke ich, dass nicht ich entscheide. Nicht im fatalistischen oder religiösen Sinn. Es ist nur einfach so, dass wir manchmal etwas planen, und dann kommt das Leben und stellt alles auf den Kopf.

Seit neun Jahren lebe ich nicht mehr in Brasilien. Eine lange und nicht immer einfache Zeit. In Deutschland dauern meine Tage 48 Stunden. In Rio 12. Das Leben auf der imaginären Grenze zwischen den Kulturen ist schizophren und schmerzhaft. Wenn ich nach Berlin komme, drücke ich in meinem Leben in Rio auf die Pausetaste, und wenn ich ein Jahr später zurück dort bin, drücke ich auf Play. Aber der Film ist trotzdem das ganze Jahr über weitergelaufen, und ich habe alles verpasst. Meine Freunde haben plötzlich graue Haare bekommen oder Kinder, haben Häuser gekauft und neue Jobs. Meine Nichten werden groß, aber spielen glücklicherweise immer noch in einem Kinderfilm mit. Am Anfang fiel es mir sehr schwer, ich hatte jeden Tag Heimweh. Ich vermisste die Kultur, ich vermisste es, Bücher zu kaufen, in Konzerte und ins Kino zu gehen. Ich vermisste DVDs, CDs, *Farofa*, *Mate*, *Guaraná,* Seife, die nach tropischen Früchten riecht, und all die Dinge, für die ich immer Übergewicht bei der Gepäckaufgabe bezahlen musste. Heute habe ich keinen Platz mehr für *Goiabada* und *Doce de Leite*.

Diese Dinge fehlen mir nicht mehr. Was mir fehlt, passt in keinen Koffer.

Ich weiß nicht mehr, wo zwischen all dem mein Platz ist. Einwandern bedeutet Veränderung und Anpassung. Zu dem Anderen zu werden und doch man selbst zu bleiben. Und plötzlich ist die andere Person, die du jetzt im Spiegel siehst, eine andere als du selbst.

Wie kann man nachträglich etwas in einen Film einfügen? Ich bin nur ein kleines Detail am Rande, und mit etwas Glück kommt das Jahr, das ich erlebt habe, noch in den Extras oder Anmerkungen des Regisseurs vor. Ich bin nicht mehr Teil ihres Lebens. Mein Leben ist nicht mehr an der Seite meiner lieben Freunde in Brasilien, mit denen ich über verwackelte Bilder oder schnelle oder vom schlechten Internet unterbrochene Telefonate kommuniziere. Dem schlechten deutschen Internet, nebenbei gesagt.

Aber zurück in die Realität, die Prüfung beginnt. Eine ältere Dame beaufsichtigt die etwa fünfzehn Personen unterschiedlichsten Erscheinens und unterschiedlichster Herkunft. Von einigen erfahre ich durch ein Gespräch, wo sie herkommen; andere lassen sich anhand äußerer Merkmale, wie sie uns Immigranten allen zu eigen sind, einordnen. Da sind eine blonde Araberin, eine ältere Frau mit Kopftuch, ein Inder, ein thailändischer Junge und die anderen aufgeregten Männer und Frauen, von denen ich nichts weiß. Ein Tisch bleibt leer. Diese Person möchte wohl keine Deutsche mehr werden. Hat dafür bezahlt, aber ist nicht gekommen. Hat den Antrag gestellt. Vielleicht ist sie krank geworden?

Ich muss mich in der Prüfung gut konzentrieren. Ich habe allen gesagt, dass ich nicht aufgeregt bin, aber das stimmt nicht.

Ich will nicht die Einzige sein, die den Test nicht besteht. Ich bin stolz auf mich und fühle mich zugleich lächerlich und widme dem Test meine ganze Aufmerksamkeit. Ich werde Kohl nicht mit Schmidt verwechseln. Zuerst lesen, dann antworten. Alles läuft gut. Ich bin nicht die Erste, die abgibt, aber auch nicht die Letzte. In zwei Monaten werde ich das Ergebnis bekommen, sagt die ältere Dame. Aber ich bin mir sicher, dass ich bestanden habe. Ich verlasse das graue Gebäude und versuche ein Taxi zu bekommen. Es ist sehr kalt, und ich will nicht krank werden. Ja, ich bin faul und verwöhnt und will mit dem Taxi fahren. Ich finde das lustig. Ich mag mich immer mehr. Mit einem schiefen Grinsen lasse ich mich ganz bequem zu einer Freundin fahren. Die Fahrt führt an meiner alten Wohnung vorbei. Tränen steigen mir in die Augen. Ich wohne jetzt in Rio. Nach Berlin bin nur für die Prüfung gekommen. Ich fühle mich nirgendwo zugehörig, bodenlos, identitätslos. Ich bin jetzt Berlinerin. Ich habe das *Carioca*-Sein aufgegeben. Ich bin Brasilianerin und Berlinerin. Ich muss mein Gleichgewicht auf dem Drahtseil wiederfinden, und weiß, dass es mir gelingen wird. Langsam nimmt das Bild Gestalt an. Ich bin Brasilianerin und mein Zuhause ist Berlin. Ich muss einfach nur meine Fähigkeiten auf dem Drahtseil verbessern.

Mein Kummer füllt den Zug nach Frankfurt. Dann verbringe ich zwei Tage in einem Unternehmen, dessen Gebäude die Form eines Hamsterrads hat. Ich drehe Runde um Runde, mir wird schwindelig. Unmöglich, hier zu arbeiten. Mir tun alle leid. Wofür bitte braucht man ein Gebäude, das aussieht wie ein Hamsterrad. Wer hat sich das ausgedacht? Am letzten Tag kann ich es kaum erwarten, aus dem Gebäude zu kommen. Als ich den Eingang passiere, renne ich kurz, einem kindlichen Impuls folgend. Ich bin lächerlich glücklich. Ich lache über mich und darüber, wie unverantwortlich ich mich verhalte. Ich habe einen schrägen Humor und lebe mein Leben gerne, sehr gerne, auf einem Seil. Ich finde das Leben amüsant und bin immer auf der Flucht vor den Hamsterrädern.

Der Rückflug dauert ewig. Ich hasse fliegen. Ich spüre meine Seele – genau wie das Flugzeug – durch das Nichts schweben. Die Seele landet in Rio de Janeiro und die Sommerhitze umschließt mich. Ich bin jetzt näher bei meinem Vater, aber weit weg von meinem Wohlfühlort. Sehr weit. Ich muss zurück nach Berlin. Die einzige Gewissheit, die ich habe, ist, dass ich jetzt ein bisschen deutsch und ein bisschen weniger brasilianisch bin.

Entschluss

Ich kündige. Weder möchte ich beleidigt werden noch irgendjemanden vor den Kopf stoßen. Aber es geht nicht anders. Ich erlebe die Woche der Ablehnungen. Ablehnungen dominieren mein Leben derart, dass ich, als mir am Eingang zur Schule meiner Söhne Kekse angeboten werden, diese einfach ablehne, obwohl ich Hunger habe. Mich umgibt Schweigen, stiller Vorwurf. Bestürzung und Verurteilung liegen in der Luft. Familie und Heimatland ein zweites Mal zu verlassen wird nicht akzeptiert. Oder aufs Heftigste kritisiert. Du bist schon mal gegangen und wiedergekommen. Wieso musst du noch mal gehen? Es hatte eingeschlagen wie eine Bombe. Und obwohl diese Entscheidung durch meine Unzufriedenheit absehbar gewesen war, hatten Freunde und Familie gehofft, dass auf wundersame Weise doch noch alles gut werden würde. Aber das wurde es nicht. Mein Gehalt konnte unsere Lebenshaltungskosten nicht decken. Die Rechnung, so würden die BWLer der Familie sagen, ging nicht auf. Meine Schwestern hatten helfen müssen die Schulkosten zu stemmen. Finanzieller Druck ist in Kombination mit emotionalem Druck unerträglich. Ich bin vollkommen neben der Spur. Ich habe Angst davor, einen Satz zu Ende zu bringen. Ein Brot in der Bäckerei zu kaufen wird zum Kraftakt. Es ist, als würden meine Grundfähigkeiten auf Sparflamme laufen: Sprach-, Hör- und Sehvermögen …

Alea iacta est. Die Würfel sind gefallen. Ich werde mit Fragen überhäuft. Wie wollt ihr in Berlin ohne Job und mit untervermieteter Wohnung leben? Wie soll das gehen? Auch ich habe Bedenken, und allen in meinem Umfeld wird die große Freude zuteil, sich an meinen Unsicherheiten zu ergötzen. Wir werden noch drei weitere Monate bleiben. Der Abschied wird langsam und schmerzhaft werden. Wenn man sich den Ellenbogen stößt, ist das unangenehm. Es tut nicht wahnsinnig weh, aber verursacht dieses ganz spezielle unangenehme Gefühl. Ich werde mich die nächsten drei Monate permanent so fühlen, als hätte ich mir den Ellenbogen gestoßen. Ich kündige Krankenversicherungen und engagiere einen Anwalt, um den Mietvertrag aufzulösen. Ich trenne mich von Möbeln und Pflanzen, die alle viel Geld gekostet haben. Das Teuerste an der Wohnung, abgesehen von der Miete, waren die Pflanzen. Ich kenne mich immer noch nicht damit aus, sie waren einfach schön und groß. Sie hatten die Hälfte des Wohnzimmers eingenommen. Meine »Hausbäume« waren meine grüne Lunge in dem ansonsten eher sauerstoffarmen Viertel *Botafogo*. Dank dieser Pflanzen atmete und lächelte ich. Sie gingen an die Tochter unserer Wohnungsnachbarn. Die Leute waren sehr dankbar und boten uns Kaffee und warme Worte an. Ich weiß nicht mehr, wie sie hießen – nicht mal mehr wie unsere Adresse war –, aber mir ist jedes einzelne Wort, das wir in diesem schwierigen Moment wechselten, im Gedächtnis geblieben. Diese Erinnerung habe ich mitgenommen und mit niemandem geteilt. Umziehen ist ein physischer Vorgang. Man zieht in eine neue Wohnung oder ein neues Haus. Nimmt seine Besitztümer und Haustiere mit. In ein anderes Land zu ziehen ist eher ein emotionaler als ein physischer Vorgang. Man nimmt seine Erinnerungen, die Liebe von Freunden, Bilder, sein Gedächtnis mit. Von Liebe kann man so viel mitnehmen, wie man möchte. Liebe wird auf andere Weise gewogen und braucht keinen Koffer.

Das Gepäck auf weiten Reisen ist emotionaler Natur und wird in einem selbst transportiert. Koffer mit materiellen Dingen zu füllen ist reine Verdrängung. Das ist mir immer wieder aufs Neue klar geworden. Dieses Mal bin ich schlauer und beginne, Kleidung und Dinge zu verschenken. In die Koffer kommen nur Bücher und Kinderkleidung. Das ist nicht viel Platz für alles, was wir haben. Zu Beginn der Einräumarbeiten sind es acht Koffer. Am Ende bleiben vier. Irgendwie erleichternd. Ich habe so viele Emotionen zu tragen, dass ich nicht auch noch viel Gepäck schleppen kann. Bei alldem habe ich komplett vergessen, dass Brasilianer ein Problem mit gebrauchter Kleidung haben, und biete meinen Freunden einiges an. Nur die Allerunkonventionellsten gehen darauf ein. Von den anderen ernte ich schiefe Blicke. Es tut mir leid, dass ich ausgerechnet die vor den Kopf gestoßen habe, denen ich eine Freude machen wollte. Als meine Söhne geboren wurden, habe ich etliche Sachen bekommen, die ich dankbar angenommen und bis zum Gehtnichtmehr genutzt habe. Es ist aufschlussreich, darüber nachzudenken, welchen Stellenwert Dinge in einer Gesellschaft oder auch bei einzelnen Personen einnehmen. Die Deutschen, die ich kenne, schätzen weitergereichte Kleidung sehr, oft wollen sie sie später sogar wiederhaben. Die Brasilianer aus meinem Umfeld wollen eine komplett neue Babyausstattung. Und dann schmeißen sie alles weg oder spenden es, ganz so, als ob sie froh wären, es loszuwerden. Ich liege irgendwo dazwischen. Ich habe nicht viel, aber ich schätze, was ich habe. Und zwar so sehr, dass ich es mit anderen teilen möchte. Manchmal gebe ich ein Buch an einen Freund weiter und verabschiede mich richtig von dem Objekt. Ich freue mich, wenn sich jemand anderes daran erfreut. Aber wenn ich weiß, dass mein lebloser Freund unbeachtet zur Seite gelegt wird, macht mich das wütend. Dann würde ich ihn am liebsten zurückfordern. Das tue ich natürlich nicht, aber ich hege monate- oder manchmal auch jahrelang einen kleinen Rest Ärger, der mit der Zeit verraucht. Wenn man seine Freunde liebt, kann man nicht nachtragend sein. Bislang hatte ich noch immer Glück, und das Gefühl hat sich in Luft aufgelöst. Ich habe großen Respekt vor dem, was ich für das schlimmste Gefühl der Welt halte.

Die Koffer sind fertig gepackt. Ich habe jetzt »Urlaub« und bringe die Kinder zur Schule und hole sie wieder ab, während mein Mann die Stadt erkundet. Wir sprechen kaum noch miteinander. Aufgrund der schwierigen Situation streiten wir uns über Kleinigkeiten. Ich frage mich, wie es in Berlin wird, ob wir dort wieder zueinanderfinden. Ich esse mit meinem Vater zu Mittag, zu Abend und frühstücke mit ihm. Ruhig und aufmerksam höre ich allem zu, was er mir zu erzählen hat. Sogar wenn er die Geduld verliert, weil ich nicht verstehe, was er mit seinen verschwurbelten Metaphern sagen will. Ich will jede Unterhaltung bis ins kleinste Wort auskosten. Sonst erinnere ich mich an kaum etwas von dem, was ich in den zwei langen Monaten der Verabschiedung gemacht habe.

Ich erinnere mich daran, dass ich im Kino war, mit meiner Freundin Bianca ausgegangen bin und viele Bücher gekauft habe. Da die Koffer voll waren, blieb mir nur, sie per Post zu schicken. 45 Kilo Bücher. Oder vielleicht eher 45 Karat Bücher, denn sie zu verschicken kostete ein Vermögen. Aber die Aussicht darauf, irgendwann circa sechs Monate später aus heiterem Himmel ein Paket voller Bücher zu erhalten, erfüllte mich mit Glück und gab mir den nötigen Mut, die Stange Geld auszugeben.

Eine Woche vor der Abreise begann ich zu leiden. Ich fühlte mich, als hätte mein letztes Stündlein geschlagen. Ich hatte Mitleid mit mir selbst, aber war auch einfach genervt von der Situation. »Hoffentlich ist das alles bald vorbei.« An einem Donnerstag fanden die Qualen ein Ende. Zé mit dem Van holte uns ab. Meine Nichten kamen, um sich zu verabschieden. Die Szene, die mir am meisten in Erinnerung geblieben ist, ist mein Vater, der die Mädchen stützend im Arm hält und uns das traurigste Tschüss der Geschichte *Leblons* zuwinkt. Das Tschüss, von dem ich damals zumindest dachte, es wäre das traurigste meines Lebens.

Erinnerungen an Salvador

Berlin hatte uns im Frühling wieder. Zufälligerweise am selben Tag, an dem ich vor zehn Jahren in Deutschland angekommen war. Am zehnten April. Das Wetter war schön. Nein, doch nicht, denn der April, der April, der macht, was er will. In den neun Jahren, die ich in Deutschland verbracht hatte, hatte es in diesem Monat schon geschneit, 40 Grad aufs Thermometer gebracht oder es war einfach so wie jetzt gewesen, 15 Grad. Nicht kalt und nicht heiß, also irgendwie nichts. Das war nicht gerade dafür geschaffen, die Laune der neuen alten Berliner zu heben. Im Gepäck Müdigkeit, Angst vor der eigenen Courage und ein verbeulter Traum. Ein Lebensabschnitt war vorbei. Nie wieder würden wir die Monate zählen, bis wir zurück nach Rio fuhren. Nie wieder würde ich erfüllt zurückkehren, den Koffer voller Köstlichkeiten, von denen ich kaum erwarten konnte, sie in Berlin zu verteilen. Brasilien hatte mir die Tür vor der Nase zugeschlagen und ich hatte die Schlüssel verlegt – oder hatte ich die Tür zugeschlagen? Der Traum, meine Kinder dort aufwachsen zu sehen, war geplatzt, genau wie meine Wunschträume von einem anderen Leben in Rio, nah bei Freunden und Familie; die fiebrige Sehnsucht nach zu Hause hatte sich gelegt.

Ich trauere. Nein, meinem Vater geht es gut, danke der Nachfrage. Ich trauere um meine Identität. Sie ist gestorben, und ich weiß nicht, ob sie wiederauferstehen wird. Ich bin nicht beleidigt oder wütend auf Brasilien. Ich bin traurig, verletzt. Eine nicht enden wollende Kränkung. Aber mit wem soll ich das jetzt austragen? Mit dem Pass? Schuld war nicht die Weltmeisterschaft, die das Land auf den Kopf gestellt hatte, auch nicht die Krankheit meines Vaters oder der furchtbare Job. Das Leben war unlebendig. Da es eine abstrakte Angelegenheit ist, sieht jeder das Leben, so wie er will.

Eine Freundin aus der Schulzeit hat mir mal einen Test ihrer Mutter gezeigt, die Psychologin ist. Dabei musste man sich einen Wald vorstellen. Am Ende sagte sie, dass der Wald, den wir uns ausmalen, ein Sinnbild dafür ist, wie wir das Leben sehen. Bis heute sehe ich mein Leben als eine Art Wald. Mit vielen großen Bäumen. Aber nicht wie den Amazonas-Urwald. Mitten durch diesen Wald führt ein Weg. So ähnlich wie die Straße von Berlin nach Buckow, der kleinen Stadt, die vom Ruhm ihres bekanntesten Einwohners, Bertolt Brecht, lebt. Der Weg nach Buckow führt durch den Wald. Im Sommer ist es dort angenehm kühl. Wasser macht mich glücklich, es ist einfach die beste Medizin. Buckow, dieses mit allen Wassern gewaschene Nest, liegt an mehreren herrlichen Seen. Der Schermützelsee ist ganz klar. Seit mindestens fünf Jahren fahre ich dort jeden Sommer für zwei Tage hin, für mehr reicht das Geld nicht. Aber ich genieße den See, wie ihn noch nie zuvor jemand genossen hat. Brecht würde vor Neid erblassen. Ich schwimme und schwimme und schwimme. Ich schwimme weit hinaus und beobachte die klitzekleinen Menschen am Strand. Das kühle Wasser lullt mich ein, und ich habe Angst einzuschlafen. Ich versuche die Klänge des Wassers zu deuten. Es ist, als würde es mir Geschichten erzählen. Oder über meine sprechen wollen. Ich kehre mit anderen Träumen nach Berlin zurück, Träume, die nie zuvor geträumt wurden, Träume, die dem Seewasser entsprungen sind. Ich klammere mich an die Hoffnung, dass wir im Sommer nach Buckow fahren.

Vor neun Jahren kam ich alleine und voller Pläne nach Deutschland. Dieses Mal komme ich in Begleitung zurück. Die Pläne haben sich geändert. Wir haben Übergangsjobs gefunden und die untervermietete Wohnung zurückbekommen. Alles wird gut. Die Kinder sind glücklich, ihre Spielzeuge wiederzuhaben. Im ersten Monat spiele ich viel. Ich spiele mit der Eisenbahn, mit Lego, auf dem Spielplatz. Ihre Kindheit ist die Zukunft, die ich sehen kann. Ich verbringe Nächte damit, an die Decke zu starren. Die Wohnung hat schöne Jugendstilstuckdecken. Ich vermute, derselbe Künstler hat so einige Friedhofsskulpturen gestaltet. Laut der Hausverwaltung wurde die Stuckdecke im Jahr 1854 gefertigt, dem Jahr, in dem das Haus gebaut wurde. Ich bin sicher, dass das stimmt. Die Blumen sind vom zigmaligen Überstreichen ganz verformt. Sie haben zwei Weltkriege und etliche mehr oder weniger professionelle Renovierungen überlebt. Aber man kann sie noch erkennen, sie sehen aus wie Rosen. Ich verbringe Tage damit, an die Decke zu starren. Noch bin ich nicht verrückt. Wenn ich schon in mir selbst keinen Frieden finden kann, suche ich eben außerhalb nach einer Lösung. Ich finde Trost im Überleben der Gipsblumen und in schlechten Fernsehsendungen. Ich sehe mir jeden Schrott an. Jeden Donnerstag gibt es eine Sendung, in der die Moderatorin Häuser aufsucht, die kurz vor dem Verfall stehen, und am Ende der Sendung den Bewohnern einen wahren Palast zurückgibt. Ich bin total begeistert. Diese frustrierten, unglücklichen Leute mit ihrer letzten Chance auf ein gutes Leben, die von einer Riesenproduktion mit zwei Kameras und einer Drohne begleitet werden. In einer Folge wurde sogar ein Hubschrauber eingesetzt. Ich berechne die Produktionskosten. Ich bin beeindruckt, aber schon bald verliere ich den Spaß daran, nämlich als ich beginne darüber nachzudenken, wie stressig es sein muss, das Team zu organisieren, Drehpläne zu erstellen, ganz zu schweigen von den unendlichen Genehmigungen, die eingeholt werden müssen, um ein Haus abzureißen, oder den Straßen, die gesperrt und Nachbarn, die über Monate belästigt werden müssen. Der Produzent oder die Produzentin dieser Sendung schläft wahrscheinlich nicht, raucht vermutlich wie ein Schlot und Liebesleben ist seit Ewigkeiten ein Fremdwort.

Nachdem ich angefangen habe, die Sendung unter einem technischen Aspekt zu betrachten, habe ich die Lust daran verloren. Der Sinn war eigentlich gewesen, mich im Nichts der Fernsehunterhaltung zu verlieren, mein Gehirn mit Schwachsinn zu füllen und nicht jedes technische Detail der Sendung zu analysieren. Ich verbringe Monate auf diese Weise: arbeitend, in Ausstellungen gehend und mir bescheuerte Fernsehsendungen reinziehend.

Ich sehe zum zehnten Mal in weniger als einer Minute auf die Uhr. In Berlin vergeht die Zeit nur schleppend. Der Himmel ist grau, heute ist ein kalter Frühlingstag. Trügen die Bäume nicht schon grüne Blätter, würde ich denken, es wäre Herbst. Ich möchte so bald wie möglich nach Hause, wo die Stille nur von mir verursacht wird. Ich werde für vier Stunden bezahlt, und vier lange Stunden lang muss ich nichts tun. Ab und zu sehe ich nach, ob es was Neues gibt, eine E-Mail oder so … nichts. Schlimmer, als arbeitslos zu sein, ist für mich nutzlose Arbeit, ein Job, in dem es nichts zu tun gibt. Das ist kein unredlich verdientes Geld, denn alle wissen, dass du nichts tust. Es ist Geldverdienen auf unterstem Niveau.

Die Stimmung um mich herum scheint angespannt. Ich habe Lust, zu lachen, einen Witz zu erzählen, aber ich bin in Deutschland, umgeben von Europäern. Das würde nicht gut gehen. Gestern habe ich irgendwas Albernes gesagt und eine Moralpredigt von Herrn Korrekt neben mir zu hören bekommen. Er ist freundlich, gut gekleidet, aber irgendetwas an ihm macht, dass ich die Topfpflanze, die zwischen uns steht, um ein Vielfaches spannender finde als ihn.

Ich trinke ein Wasser, setze mich aufrecht hin, um so zu tun, als würde ich an irgendetwas denken, das meiner Anwesenheit Berechtigung verleiht.

Ich gehe auf die Toilette. Ich bemerke, dass die Kacheln blau und die Seife rosafarben ist. Ich will wissen, was für eine Qualität die Seife hat und sehe auf der Verpackung nach. Ich habe Angst vor Seifen in öffentlichen Toiletten. Einmal habe ich davon eine furchtbare Allergie bekommen. Es ist keine von den ganz schlimmen. Ich würde niemals eine neonpinke Seife kaufen, der 80er-Jahre-Farbstoff ist ein Angriff auf meine Sehorgane.

Ich kehre zurück an meinen Schreibtisch, tue so, als würde ich etwas schreiben, und denke an Brasilien. Drehpläne zu entwickeln und jeden Tag blauen Himmel zu sehen war auf jeden Fall besser. Da kommt mir in den Sinn, dass ich heute in Salvador aufwachen würde.

Ich weiß nicht mehr, ob ich bei meiner ersten Reise nach Salvador nachts oder tagsüber ankam. All das Meer um mich herum verführte mich und mir war heiß – keine Ahnung, ob ich schockverliebt oder mir einfach nur heiß war. Ich wollte alles kennenlernen, *Acarajé* essen und die sengende Sonne auf meiner verblassten Auswandererhaut spüren. Ich ließ alle um mich herum lautstark wissen, dass ich nach Salvador ziehen möchte, dass es der schönste Ort der Welt sei – und verriet damit schamlos meine Mutterstadt.

Wir filmten morgens am *Elevador Lacerda*. Ich hatte kaum Augen für meine Arbeit. Ich kaufte einen Hut. Die Salvadorianer schmückten mich mit Bändern und Halsketten und dem Versprechen von ewiger Schönheit. Dann konzentrierte ich mich wieder auf meine Arbeit, immer das Meer im Blick. Ich würde immer eine Fremde in Salvador sein. Alle um mich herum waren schwarz. Für das Fernsehteam bin ich nicht weiß, für die Schwarzen bin ich weiß. In Deutschland ist meine Haut dunkel. Wenn ich Make-up kaufe, kaufe ich den Ton »sandfarben«. Aber es gibt so viele verschiedene Sandfarben, dass schwer zu definieren ist, welche Sandfarbe genau meine Haut hat. Wenn ich in Formularen meine Hautfarbe eintragen muss, schreibe ich lateinamerikanisch. Meine Hautfarbe ist die von Italienern, Portugiesen, Indigenen, Schwarzen; eine Haut, die von der Sonne Rio de Janeiros gegerbt wurde. Inzwischen habe ich einen neuen Farbton dazugewonnen: Den blassen, den ich in Deutschland erworben habe.

Ich kaufte ein Wasser, um meine Gedanken zu kühlen und mich auf den Weg zum Strand zu konzentrieren. Was bleibt, sind Gerüche und Farben.

Ich weiß nicht mehr, wie der Strand hieß. Er war klein und schön, und es waren ausschließlich Schwarze dort. Salvador ist das »schwarze Herz« Brasiliens. Ein Typ stupste mich auf die in Salvador typische Art an und fragte, was wir filmen. Er stupste mehr, als er fragte, und wurde immer aggressiver. Während meine Kollegen begeistert von der Szenerie waren, wurde mir immer unwohler. Als Gruppe von Gringos waren wir das Zentrum der Aufmerksamkeit und alle wollten etwas von uns. Für die Einheimischen war ich mehr Europäerin als Brasilianerin. Vor mir blätterte sich die Armut, die Ungleichheit, die Ungerechtigkeit der Geschichte auf. Es tat weh. Ich wollte weg. Die Menschen am Strand stupsten meine Existenz an und ließen mein Gewissen schmerzen. Lasst uns gehen, dieses Brasilien will ich nicht sehen, filmen wir lieber am berühmten *Praia do Farol*. Aber der Versuch, vor der Realität zu fliehen, führte dazu, dass sie uns einholte. Am *Praia do Farol* riss mir ein armer, zugedröhnter Typ meine Kette vom Hals und beraubte mich damit endgültig meiner Blindheit. Dabei nahm er auch die Illusion von Liebe mit, die in den Anhängern verewigt war. Jeder Anhänger hatte eine Geschichte: Mein verstorbener Onkel, mein Studienabschluss, Freunde aus Portugal, eine vergangene Liebe. All das riss er von mir ab und hinterließ eine blutige Spur an meinem Hals, als wollte er sichergehen, dass ich ihn nicht so schnell vergesse. Ich sah in die verlorenen Augen von jemandem, der schon viele Drogen konsumiert hat, sah sein kurzes Leben, seine Verachtung für meine Haut, die für ihn weiß war. Es war eine Erfahrung, die innerlich und äußerlich schmerzhaft war. Eine Verflechtung sich potenzierender Schmerzen. Ich spürte keine Wut, sondern einen ganz eigenen tiefen Schmerz. Gleich nach dem Angriff machte sich ein Mann mit einem Motorrad daran, den Täter zu verfolgen. Ich blieb wie benommen an Ort und Stelle zurück und tat vor den Gringos im Team so, als wäre nichts passiert. Ich wollte unserem Fahrer den Standort durchgeben, bemerkte aber, dass der Akku meines Telefons beinahe leer war. Ich war panisch, völlig aufgelöst, aber atmete tief und tat so, als wäre alles in Ordnung. Glücklicherweise stand die Telefonnummer auf dem Drehplan in der Tasche. Ich lieh mir das Telefon unseres Reporters. Der Mann auf dem Motorrad kam zurück, sagte, er sei Zivilpolizist und dass er einen der Jungen habe fangen können. Es handele sich um eine Gang. Auf dem Weg zu unserem Wagen hielt mich die Polizei an und schleppte einen gefesselten schwarzen Jungen heran. Sie wollten, dass ich ihn als den Dieb identifiziere. Wütende umstehende Frauen beschimpften mich, obwohl ich keinen Ton von mir gab. »Ich kann mich leider nicht erinnern.« Ich sah den Jungen an, der wie ein Tier gefesselt war. Alle um uns herum waren arm und schwarz. Der Polizist war ziemlich aggressiv und schien von meiner Unsicherheit genervt zu sein, er wollte, dass ich den Jungen dazu verurteilte, in einem Van zu Tode geprügelt zu werden. Ich verneinte. »Nein, das ist er nicht.« Ich betonte noch einmal, dass er es nicht gewesen war, und beeilte mich, in unseren Wagen zu steigen. Ich wollte nicht zu Abend essen, ging direkt auf mein Hotelzimmer und rief meine Schwestern an. Ich hatte mit der Kette schon meine einzige Verbindung zu den Toten verloren und brauchte jetzt Kontakt zu den Lebenden.

Ich öffne die Augen, ich bin in Berlin. Ich sehe mich um und sehe Personen, die keine Ahnung von dieser Welt haben, die in Salvador existiert. Eine französische Frau bietet mir eine merkwürdige japanische Süßigkeit an. Ich probiere. Sie ist aus Süßkartoffeln. Ich sehe auf die Uhr. 14 Uhr, sehr gut, ich kann nach Hause gehen. Ich verabschiede mich, nehme meinen Rucksack und lasse das blaue Badezimmer, die rosafarbene Seife und den armen, traurigen Jungen aus Salvador hinter mir.

Krücken

Räumliche Distanz ist manchmal unerträglich. Nach einer Operation ist der Gang vom Schlafzimmer ins Badezimmer anstrengend wie ein Marathon. Sich müde von einem Ausflug oder der Arbeit nach Hause zu schleppen kann eine riesige Kraftanstrengung sein. Manch einer sagt, der Rückweg geht schneller als der Hinweg. Nicht wenn man müde ist. Nach der Geburt eines Kindes ist eine räumliche Trennung unerträglich. Und niemand kann behaupten, fast 10.000 Kilometer von seiner Familie entfernt zu sein, 475.200 Minuten im Jahr, sei etwas Schönes – aber man gewöhnt sich daran. Man macht einfach weiter, bis es zur Routine wird. Oder zur Gewohnheit oder vielleicht auch Bequemlichkeit? Eine Psychologin hat mir mal erklärt, dass Menschen sich zum Schutz vor Schmerz eine gewisse Gefühlskälte zulegen, eine Art psychische Störung. Seitdem sage ich immer, wir müssen alle ein bisschen psychotisch sein, um zu überleben. Fast eine halbe Million Minuten lang weit weg von einem schwerkranken Vater zu sein ist kaum auszuhalten. Man schwankt zwischen der Freude über die geliebte Stimme am Telefon und der Angst vor schlechten Nachrichten.

Zwischen den Telefonaten versuchte ich mein Leben zu leben. Aber wenn ich mir das jetzt rückblickend betrachte, bin ich mir nicht sicher, ob ich wirklich gelebt habe. Die Anrufe und die Videotelefonate machten mich fertig. Ich war zutiefst deprimiert. Ich war nicht in der Lage, mich um mich selbst zu kümmern.

Wenn man in ein anderes Land zieht, verklärt sich die Erinnerung. Dramatische Vorkommnisse, Probleme, schlechte

Erfahrungen, all das gerät in Vergessenheit. Wenn sie sich doch in Erinnerung rufen, dann immer etwas beschönigt oder mit einer Prise Humor versehen, denn niemand möchte eine schlechte Geschichte hören. Die Erinnerung ist eine hinterhältige Lügnerin und malt in den schönsten Farben aus, was eigentlich grau gewesen ist. Zumindest meine ist diesbezüglich sehr großzügig mit mir.

Freunde schicken Fotos vom Strand, beschweren sich über die Hitze, laden mich zu verboten guten Geburtstagspartys ein, die an unglaublichen Orten wie einer Partyvilla an einem Privatstrand stattfinden. Alle sind braun gebrannt und sehen jünger aus, sind leicht bekleidet mit bunten, blumigen Stoffen – jedes Outfit unendlich viel fröhlicher als alles, was man in Deutschland tragen kann. In den sozialen Medien posten sie Fotos von Essen – *Acarajé*, *Bobó de camarão* und regionale Gerichte, die man selbst wahrscheinlich nie probiert hätte. Die Fotos sehen professionell aus, strotzen vor Licht und Effekten. Selbst das vermisst man: etwas, das man nicht kennt, was man noch nie probiert hat, auf das man aber ein Recht hat, weil es aus dem eigenen Geburtsland stammt. In letzter Zeit bin ich süchtig nach *Tapioca*-Fladen. Meine Mutter wollte sie uns früher immer machen, aber damals fand ich sie fade. Zum ersten Mal habe ich *Tapioca* mit 37 Jahren in Berlin gegessen. Ich war begeistert. Ich weiß nicht, ob es wirklich so lecker war oder ob ich im Teig den Geschmack Brasiliens wiederfand. *Saudade*, die brasilianische Sehnsucht, ist Farbe, Geruch, Geschmack. Ich weiß nicht, weshalb so viel Aufhebens um das Wort *saudade* gemacht wird, wieso alle behaupten, es sei schier nicht zu übersetzen, denn es ist doch ganz einfach zu erklären.

Saudade ist ein Schmerz in der Brust, das Fehlen einer Idee, von etwas oder jemandem. *Saudade* macht, dass die Brust eng wird und der Atem schwach. *Saudade* ist die tiefe Erschöpfung, die man spürt, wenn man etwas oder jemanden aufgeben muss.

Die Nachrichten aus Brasilien erzählen von einem Land, dem es nicht gut geht. Und was wäre, wenn alles super wäre? Wenn die Korruption drastisch zurückgehen und das Land einen neuen Wirtschaftsboom erleben würde, was wenn es endlich zu dem Land der Zukunft geworden wäre, auf das alle so sehr gehofft hatten? Die Strände sauber, Wale und Delfine, die sich ihren ursprünglichen Lebensraum – die *Guanabara*-Bucht – zurückerobern. Die *Mata Atlântica*, der ursprüngliche atlantische Regenwald, würde neu gedeihen, die Indigenen würden in Frieden ohne Kontakt zur »zivilisierten Welt« leben. Was, wenn unser aller Vorfahren ein anderes Land geschaffen hätten? Sozialprojekte würden Kinder von der Straße holen, der Analphabetismus wäre Geschichte. Es gäbe eine strenge Waffenkontrolle, die einzige Form von Kriminalität wären Taschendiebstähle. Was wäre dann mit unseren Jobs hier, mit unseren Ehefrauen und Ehemännern? Was wäre mit unserem Leben in Deutschland? Wie würden wir das alles auflösen können und nach Brasilien verpflanzen? Die schwierige Situation, in der sich das Land befindet, rechtfertigt unsere Emigration. Der Auswanderer ist nicht gegen Brasilien. Im Gegenteil, er trägt das Nationaltrikot und schreit, wenn es nötig ist, voller Stolz sein Brasilianersein hinaus. Aber nach vielen Jahren im Ausland muss man sich vor den Schmerzen der Sehnsucht und des Einwandererdaseins schützen. Man braucht Krücken. Routine ist sehr hilfreich.

Stress lässt die Tage schnell vergehen. Man sieht auf die Uhr, und es ist immer zehn Uhr abends eines beliebigen Wochentages. Morgen werde ich anrufen, morgen lasse ich die *saudade* zu. Das Leben wird zu einer Sanduhr. Jeden Morgen vor dem Frühstück streiche ich den vergangenen Tag im Kalender ab. Ich streiche sie gründlich durch, mit einem dicken schwarzen Filzstift. Etwa vor drei Jahren habe ich mir diesen Tick zugelegt. Ich warte nicht ungeduldig auf irgendetwas. Ich streiche die Tage nicht durch, um irgendein spezielles Datum zu erreichen. Ich habe einfach Gefallen daran gefunden, das Leben verstreichen zu sehen. Ich freue mich darüber, wenn ein Monat um ist. Es ist zu einer kleinen Obsession geworden. Das ist mir schon vor einer Weile aufgefallen – aber keine Ahnung, ob das etwas Schlechtes ist. Ob es verboten ist, sich darüber zu freuen, dass ein Tag um ist. Nach diesem knappen Jahr, das ich in Brasilien gelebt habe, und der anschließenden Rückkehr zelebriere ich es, wenn ein Tag vorüber ist. Ich empfinde es als meine Pflicht, die Stadt zu genießen und die 24 Stunden des Tages voll auszukosten, bevor sie aufgebraucht sind. Ich besuche Ausstellungen und laufe ohne Ende. Ich komme von der Arbeit am Potsdamer Platz und laufe bis zum Brandenburger Tor. Ich durchquere es und betrachte genüsslich den Reichstag. Ich gehe Unter den Linden entlang und beobachte Touristen, die Fotos machen. Auch ich mache Fotos. Mit dem Smartphone ist es üblich geworden, etwas zuerst festzuhalten und es dann zu erleben. An manchen Tagen betrachte ich still Gebäude und beobachte Personen, schnappe hier und da Gesprächsfetzen auf. An anderen Tagen schalte ich den Autopiloten ein und gehe die Strecke, ohne irgendetwas mitzubekommen.

Es ist befreiend, und ich genieße es, eine ewige Touristin in der eigenen Stadt zu sein. Meine Lieblingskrücke.

Nicht dazugehören

Der Bus um 12:42 Uhr ist relativ voll. Zwei Haltestellen vor meiner sind aufgekratzte Schüler eingestiegen. Pubertierende sind überall auf der Welt gleich laut und unterhaltsam. Wenigstens das. Ich setze mich auf einen Gangplatz. Die Fensterplätze sind alle besetzt. Im Flugzeug sitze ich überhaupt nicht gerne am Fenster, aber im Bus ist das eine andere Sache. Man sieht die Stadt vorüberziehen. An dunklen Wintertagen muss man jedes kleinste bisschen Tageslicht genießen. Mein Telefon klingelt, und ich versuche, meine Schwester zu verstehen, während um mich herum die Teenies gackern. Nachdem wir etwa zehn Minuten gesprochen haben, stößt mich ein fremder Mann an und sagt: »Hör auf, so laut in dieser Sprache zu sprechen!« Ich antworte mit einem schiefen Lächeln, als ob ich ihn nicht verstanden hätte, und verstanden habe ich ihn auch wirklich nicht.

Der Bus war erfüllt von Stimmen, Gelächter und Gesprächen. Ich war nicht die Einzige, die zu hören war. Mein Herz raste, ich fühlte mich beschämt, als wäre ich von einem Lehrer abgekanzelt worden. Ich hatte eine fremde Sprache gesprochen. Es war nicht das erste Mal, dass mir das passierte. Aber im Laufe der Jahre hatte ich die Scham und die Angst davor abgelegt, laut und deutlich Portugiesisch zu sprechen. Als ich aus dem Bus stieg, bedachte ich den Typen mit einer sehr unhöflichen Geste. Das mag kindisch gewesen sein, aber das Einzige, was mir in dem Moment einfiel. Ich zitterte. Es kommt immer wieder vor, dass mir jemand das Gefühl gibt, nicht dazuzugehören. Diese Vorkommnisse und die daraus entstandene Routine sind wie Ziegelsteine, mit denen ich das Fundament für meine emotionale Stabilität baue.

Dieser Typ, ein gut gekleideter Fünfzigjähriger, sah aus, als wäre er Universitätsprofessor. Vielleicht war er auch Journalist. Ein Mensch, der sich am Klang einer anderen Kultur störte. In den ersten Jahren habe ich in den Supermärkten regelmäßig die Abneigung gegen die Sprache von Camões, Machado und Carolina de Jesus erfahren. Mit der Zeit habe ich gelernt, es zu ignorieren. Meine Unangepasstheit und die U-Bahn haben mich an mein Ziel, den Potsdamer Platz, gebracht. Ich fühlte mich gedemütigt und verletzt und wiederholte für mich selbst die völlig überflüssigen Argumente gegen die Vorurteile. Ich zahle meine Steuern, habe immer hart gearbeitet, ich spreche ausgezeichnet Deutsch. Ich wurde etwas ruhiger, lenkte meine Gedanken auf andere Dinge und ließ den Mann, die Situation und den mir verpassten Maulkorb hinter mir.

Zwei Wochen später gehe ich mit einem meiner Söhne ein Eis essen. Mein Karamelleis schmeckt bitter. Ganz freundlich erkläre ich der Verkäuferin, dass das Eis nicht schmeckt. Sie sieht mich mit einem unverschämt ironischen Blick an und zuckt mit den Schultern, als hätte sie mich nicht verstanden. Mir bleibt nichts übrig, als mich zu meinem Sohn an den Tisch zu setzen. Ich versuche nochmals am Eis zu lecken, aber es ist ungenießbar. Ich gehe zurück zu der Verkäuferin und sage ihr, dass sie das Eis selbst probieren soll. Angewidert sieht sie mich an. Ich sage, dass diese Art von Verhalten inakzeptabel sei und dass ich ihren Chef anrufen werde. Die Schultern sind ihr Hauptkommunikationsmittel, und sie lässt keinen Zweifel daran, dass ihr das vollkommen egal ist. Mit zittrigen Knien drehe ich mich um, und ein Mann mit einem kleinen Kind auf dem Schoß ruft: »Ja, gehen Sie! Das Eis hier ist spitze!«

»Warum müssen Sie mir das sagen? Warum müssen Sie sich einmischen? Sie haben nicht mitbekommen, was passiert ist?«, antworte ich, während ich versuche, so schnell wie möglich aus dem Laden zu kommen.

An der Tür hält mich eine Frau auf, die sagt, dass sie alles mitbekommen habe und ihr das Ganze sehr leidtue. Sie sagt, ich solle Beschwerde einreichen. Ich suche mir im Internet die Telefonnummer der Eisdiele heraus und rufe direkt an. Das unfreundlichste Wesen der Welt nimmt ab. Ich erkläre, was passiert ist.

»Sind Sie Ausländerin? Ich verstehe Sie nicht.«

»Ich bin auf der Straße, es ist sehr laut hier«, antworte ich ungläubig und kann nicht fassen, was er gerade gesagt hat.

»Sie werden es nicht verstehen, aber ich versuche trotzdem, es Ihnen zu erklären. Das Eis ist hausgemacht und wahrscheinlich ist das Karamell etwas angebrannt.«

»Das kann passieren, aber servieren Sie Ihren Kunden angebranntes Karamelleis?«

»Sie verstehen mich offensichtlich nicht, das hier ist reine Zeitverschwendung.«

Er legte einfach auf. Rassismus. Ein sperriges Wort. Er beschämt und erniedrigt. Verursacht Schmerz. Einmal habe ich einen Freund, der schwarz und berühmt ist und auf Tournee in Berlin war, gefragt, wie es ist, in Brasilien schwarz zu sein, ob er oft angegriffen würde. Er lachte über meine Naivität und sagte, dass er nach wie vor, ungeachtet seiner Bekanntheit, dauernd von der Polizei gefilzt und kaum ein Taxi ihn mitnehmen würde. Ich erzählte ihm von meinen Erfahrungen, und er antwortete: »In Deutschland bist du jetzt schwarz.« Es war mir peinlich, dass ich bis heute gebraucht hatte, ihm diese Frage zu stellen. So wie er einfach ein Taxi nehmen können wollte, wollte ich einfach ein Eis essen können. Der brutale Unterschied ist, dass ihm dies in seinem Heimatland widerfährt. Das rechtfertigt keinen Rassismus anderswo, nur begann ich mit Verspätung zu verstehen, welchen Horror mein Freund tagtäglich erlebte.

Ich verließ den Eisladen mit einem bitteren Nachgeschmack im doppelten Sinne. Mein Sohn hatte alles gesehen, alles miterleben müssen.

»Mein Schatz, Mama wird dort nie wieder hingehen. Wir werden dort nie wieder hingehen.«

»Darf ich wieder hingehen?«

»Hast du gesehen, wie sie Mama behandelt haben?«

»Darf ich mit Papa wieder hingehen?«

Ich wusste nicht, ob ich lachen oder weinen sollte. Unschuld und Bosheit, Leichtigkeit und Groll lagen so nah beieinander.

Vielleicht kann ich es eines Tages vergessen, so wie ich schon vieles vergessen habe. Den Mann aus dem Bus, die Schulterfrau, das bittere Karamell. Sie landen alle in einer Schublade mit Erinnerungen, die darauf warten, weggeworfen zu werden und neuen, guten Erinnerungen Platz zu machen.

Ansteckung

Seit einem Jahr war ich nicht mehr in Brasilien. Es kommt mir viel länger vor. Unser Neuanfang in Berlin ist ein Jahr her und meine Ankunft in Deutschland ein Jahrzehnt. Seit zehn Jahren lebe ich nicht mehr in Brasilien. Und wenn ich ehrlich bin, fühlt es sich oft eher an wie hundert. Mein Vater hatte einen Monat nach der Operation mit der Chemotherapie begonnen. Seitdem sein Krebs entdeckt wurde, hatte sich das Verhalten in meinem Umfeld verändert.

»Entschuldigt, aber weder Krebs noch Traurigkeit sind ansteckende Krankheiten.« Weit gefehlt. Traurigkeit ist eine hochansteckende Krankheit, vor der die Menschen davonlaufen. Meine Traurigkeit hatte alle in die Flucht getrieben. Aber dann fragt mich bitte erst gar nicht der Höflichkeit halber, wie es meinem Vater geht, denn dann werde ich schwach und sage die Wahrheit. Ihm geht es gut. Ich habe gute und schlechte Momente. Was mir wirklich geholfen hat, war ein Flyer, den ich gelesen hatte, als ich zu Besuch in Rio war und während der Chemotherapie auf meinen Vater wartete. »Werden Sie nicht gemeinsam mit dem Patienten krank.« Die große Gefahr dabei, jemandem Kranken zur Seite zu stehen, ist selbst krank zu werden. Zu sehen, wie ein geliebter Mensch an Schläuchen hängt und mit Medikamenten vollgepumpt wird, ist brutal. Es greift einen an, zerlegt einen in seine Einzelteile. Und anschließend muss man alles wieder zusammensetzen und so tun, als wäre nichts gewesen. Und mit einem selbst war ja auch nichts, sondern mit der Welt um einen herum.

Vor der Chemotherapiesitzung sitzen Patienten und ihre Begleiter in einem vollen Wartezimmer wie beim Zahnarzt.

Dann geht man hinein und sieht ältere Herren mit Büchern und den jeweiligen Frauen an ihrer Seite. Man sieht berühmte Leute. Man sieht viele einsame Leute und Leute ohne Haare. Man sieht eine Mutter, die die Hand ihres sechsjährigen Sohnes hält. Man wird Zeuge etlicher Familiendramen und tut so, als wäre das alles ganz normal. Krankenpfleger sind uns da allen voraus. Sie bleiben freundlich, sanft und gut gelaunt. Wenn Außerirdische die Erde heimsuchen würden und die Menschheit erforschen wollten, würde ich sagen: »Nehmt bitte die Krankenpfleger!« Ich stehe starr in einer Ecke, um meine Gefühle bei mir zu behalten. Wenn ich die Kraft dazu hätte, würde ich jeden Einzelnen dieser Männer und Frauen umarmen und mich bedanken. Mich bedanken dafür, dass sie stärker sind als ich. Vielen Dank, dass Sie sich so liebevoll um meinen Vater kümmern, dafür, dass ihr dem Kind, das sicherlich schon versteht, dass seine Mutter krank ist, einen Lolli schenkt. Danke für das Wasser. Meine Einzelteile sind inzwischen nur noch Krümel, und ich schiebe mich zum Ausgang und gebe vor, dass ich mir im Supermarkt etwas zu essen holen möchte. Ohne zu atmen, fahre ich mit dem Lift nach unten, und erst im Supermarkt laufen die Tränen aus mir raus. Dabei versuche ich ein Pokerface zu bewahren, wische sie mir aus dem Gesicht und suche Kekse aus. An der Kasse habe ich mich wieder im Griff. Ich fahre zurück nach oben, um meinen Vater abzuholen. Nach meiner Rückkehr nach Berlin hatte meine Schwester das ganz alleine bewältigt. Sie sagte immer, wir sind stärker, als wir denken. Sie hat recht. Aber oft sind wir sehr viel schwächer, als wir denken. Manchmal brauchen wir einfach nur eine Umarmung. Und vielleicht einen Satz. »Alles wird gut.«

Ich will keine falschen Versprechungen. Ich möchte eine freundlich vorgetragene Wahrheit. Egal, was geschieht, alles wird gut. Und fragt mich nicht mehr, wie es meinem Vater geht. Ich bin diejenige, der es nicht gut geht. Innerhalb von zwei Jahren bin ich nach Brasilien und zurück gezogen, habe Wohnungen gemietet und sie wieder verlassen, habe eine Krankheit miterlebt, habe an viel *saudade* gelitten, habe mich schuldig für meine Abwesenheit gefühlt, mich verlassen gefühlt, mich als Feigling empfunden. Ich fahre in einer Achterbahn, in der ein Geisterzug seine Runden dreht. Ich will diesen Vergnügungspark verlassen und nie wieder zurückkehren.

In Berlin ist immer noch Sommer. Während in mir Unwetter wüten, scheint draußen die Sonne. Ich habe Hunger, und ich kenne niemanden, der ein angenehmer Mensch ist, wenn er Hunger hat. Ich auf jeden Fall nicht. Gereizt verlasse ich die Arbeit und mache mich auf die Suche nach einer Wurst. Ich will eine Bratwurst mit Brötchen. Ich habe weder die Zeit noch das Geld, mich in ein Restaurant zu setzen. Ich laufe den ganzen Potsdamer Platz auf der Suche nach einer verdammten Bratwurst mit Brötchen ab. Ich werde nicht fündig. Ich beschleunige den Schritt und laufe in Richtung Brandenburger Tor. Dort stand immer eine Würstchenbude. Jetzt nicht mehr. Wie kann es sein, dass es am touristischsten Punkt in Berlin keine Bratwurst zu kaufen gibt? Ich bin am Verhungern, und wutschnaubend laufe ich quer über den Pariser Platz und vermiese den Touristen die vollkommen unkreativen Fotos, die sie vom Berliner Wahrzeichen zu schießen versuchen. Wahrscheinlich bin ich auf etlichen Fotos in japanischen Fotoalben verewigt. Ich sehe kleine Buden vor dem *Adlon* und stürme in die Richtung.

An der ersten gibt es nur Currywurst. Wer kam nur auf die Idee, dass Curry gut zu Wurst passt?

Weihnachten

Wir werden Weihnachten in Rio verbringen. Die *saudade* ist groß. Ich habe es eilig, aus dem Flugzeug zu kommen. Ich vermisse den Geruch der Wohnung meines Vaters, seine Geräusche und den Kaffee, den er macht. Ich vermisse ihn. Wir sind da, der Pförtner kündigt uns an, und es wiederholt sich die allerschönste Szene. Der Aufzug hält, und er steht in der Wohnungstür und wartet auf uns. Die Jungs stürmen auf ihn zu und umarmen ihn. Ich weine vor Liebe. Wir reden, trinken Kaffee, und er legt sich hin. Wenn wir da sind, will er nicht über die Krankheit sprechen, er isst gut, schläft gut und ist glücklich. Ich auch. Sich schlafen zu legen und zu wissen, dass der Vater im Nebenzimmer schläft, ist das schönste Gefühl der Welt. Ich genieße es, mich neben ihn aufs Bett zu legen und Nachrichten zu sehen. Der Geruch des Badezimmers – einfach alles hier tut mir gut. Er besteht darauf, zum Strand zu gehen. Er geht mit meinen Söhnen und Matthias. Wir diskutieren Dante, ich erzähle von meiner Doktorarbeit, wir grillen, ich mache seine Lieblingsspaghetti. Wir essen Eis am Stiel und *Biscoito Globo,* trinken literweise *Mate*. Ich verbringe jeden Vormittag bis zum Mittagessen mit ihm, und nachmittags gehe ich zu meiner Schwester, um meine Nichten zu sehen. An Weihnachten selbst kann ich mich nicht erinnern, aber Silvester ist mir gut in Erinnerung. Wir verbrachten es alle zusammen – Schwestern, Ehemänner, Kinder und mein Vater – im Sheraton im Stadtteil *São Conrado*, dem letzten Strand der *Zona Sul*. Es war das schönste Silvester meines Lebens. Wir hatten Spaß, er hatte Spaß. Ich dachte, es wäre unser letztes, aber das war es nicht.

Das nächste Weihnachten verbrachten wir wieder in Rio. Wieder wartete er an der Wohnungstür auf uns, etwas magerer und erschöpfter. Ich sah es und sah es nicht. Ich wollte nicht wahrhaben, dass er am Gehen war. Jeden Tag ging er mit uns zum Mittagessen aus. Er bemühte sich zu essen. Er wusste, dass sein Ende nahte, und ich wusste es auch. Aber irgendwie konnte ich mich einfach nicht verabschieden. Ich wollte es nicht, will es bis heute nicht. Rio war wunderschön wie immer. Er glaubte an die Stadt und wurde von den Schutzengeln gestützt, die immer da waren, um ihn in schwachen Momenten aufzufangen. Er ging mit Matthias in den Club und an den Strand. Ich hatte Angst, er könne stürzen, aber so wie die Vögel, die er freigelassen hatte, wollte er lieber in Freiheit sterben. Ich verstand es nicht, heute tue ich es. So wie vieles, das ich erst heute verstehe. Aber es ist keiner mehr da, den man um Entschuldigung bitten könnte.

Als ich mich am Auto von ihm verabschiedete, bevor wir zum Flughafen fuhren, sagte er: »Bis in der Ewigkeit.« Zwischen Lachen und Weinen umarmte ich ihn.

Es war das letzte Mal.

Abschied von Rio

Nach diesem Dezember verschlechterte sich der Zustand meines Vaters, und ich wurde krank. Ich weiß nicht, wie ich das überlebt habe. Es ging ihm von Tag zu Tag schlechter und mir auch. Meine Schwester kaufte mir ein Flugticket nach Rio, aber ich konnte nicht. Ich konnte nicht ins Flugzeug steigen. Drei Tage später gelang es mir. Berlin–Amsterdam–Rio. In Amsterdam empfing mich strahlender Sonnenschein. Ich machte ein Foto. Der Flug war unerträglich. Ich wusste es. Ich landete um 19 Uhr in Rio. Meine beiden Schwestern holten mich am Flughafen ab, und ich wusste es bereits. Mein Vater war um neun Uhr morgens gestorben. Es war alles so unglaublich schwer: Zu sehen, wie die Leute funktionierten, und ich war da, ohne zu existieren. Nicht nach *Leblon* zu fahren, sondern nach *Ipanema* in die Wohnung meiner Schwester. Ihn nicht an der Tür wartend anzutreffen. Nicht nach Hause zu kommen, an meinen Ort in meiner Stadt.

Alle, die einen Vater oder eine Mutter verlieren, verbindet ein Geheimnis, aber ich werde nicht diejenige sein, die es verrät. Jeder, der diesen Verlust erlitten hat, kennt es … Ab dem Tag, an dem dir der Verlust widerfährt, erkennst du es in den Augen der anderen anhand eines tiefen Schmerzes. Aber ich verrate es nicht, das darf ich nicht. So ist der Lauf der Dinge nun mal. Diese Hitze, der Schmerz, das gleißende Februarlicht. Der Karneval stand vor der Tür. Mein Schmerz. Ich suche Banken auf, erledige Papierkram. Der Schmerz ist allgegenwärtig. Das Licht ist aus, der Vorhang ist gefallen. *Leblon* gibt es nicht mehr. Ich trauere um meinen Vater und um meine Stadt. Das eine gibt es nicht ohne das andere.

Die Ausflüge meiner Kindheit, der Park des *Museu do Catete*, die Strandbesuche, gegrilltes Hähnchen. Die Ausflüge ins Stadtzentrum mit ihm, die Museumsbesuche Hand in Hand. Sein Leben läuft wie ein Film vor mir ab und vermischt sich mit der Geschichte der Stadt. Der Beginn seines Lebens im Stadtteil *Glória*, die Armut, der Kampf, die Intelligenz des Sohnes von Analphabeten, der in die Nationalbibliothek fuhr, um Dostojewski zu lesen, und Fußball im *Aterro do Flamengo* spielte. Die Kälte, die er in São Paulo erleiden musste, die Liebe seiner Mutter, die Töchter, die er in die Welt setzte, die Enkel, die Reisen, die Abenteuer. Wie funktioniert mein Stück ohne seinen Protagonisten? Wem gefällt eine Aufführung ohne einen Hauptdarsteller? Die Welt ist immer noch bunt, aber ich kann alles nur in Schwarzweiß sehen.

Das Leben ohne ihn

Seit zwei Jahren trage ich Bücher mit mir herum. Die, die ich schreibe, die, die ich lese, und die, die ich erlebe. Mein Vater und ich lasen viel zusammen. Ein Buch nach dem anderen, oft mehrere gleichzeitig. Das Wichtigste daran war das anschließende Gespräch darüber. Wir waren oft mit so viel Begeisterung bei der Sache, dass meine Schwestern erschrocken aufwachten. Sie dachten, wir würden streiten.

Einen so treuen Lesepartner finde ich wahrscheinlich nicht wieder.

Ich versuche die Gewohnheit des gemeinsamen Lesens mit anderen wieder aufleben zu lassen, aber nicht alles, was man sät, geht in der Zukunft auf. Und das ist in Ordnung so. Ich habe keine Erwartungen. Manchmal müssen Dinge nicht weitergehen. Ein Baum hat seinen Wert, egal, ob er Früchte trägt oder nicht.

Ich denke jeden Tag an ihn. An den Kaffee, den er mochte, seine Witze. Ich spreche jeden Tag mit ihm. Und, wie in einer Metamorphose, verwandle ich mich Stück für Stück in eine Person, die jeden Tag ein bisschen mehr wie er ist. Einen Rubem-Schmetterling.

An der Wand hängt eine Erinnerung an das, was unsere gemeinsame Leidenschaft war. Ein Blatt Papier, das ich gefunden habe, als ich seinen Schreibtisch ausgeräumt habe. Notizen zu *Das andere Geschlecht* von Simone de Beauvoir. Auf einem alten, vergilbten Papier ohne Datum – vermutlich aus einem Heft gerissen – hatte er Ausschnitte des Buches notiert. Erst nachdem ich diese Notizen gefunden hatte, habe ich das Buch gelesen. Es war, als hätte er es absichtlich liegengelassen, damit ich auch nach seinem

Tod niemals vergesse, was uns am meisten verbunden hat: Bücher und Studieren.

Requiescet in pace. Ruhe in Frieden. Es ist (fast) alles in Ordnung.

Está (quase) tudo bem

1ª edição maio 2021

ISBN 978-3-96252-012-0

Capa: Vítor Rocha
Revisão: Mauro Barros
Tradução alemã: Lilli-Hannah Hoepner
Layout: Martin Pflanzer
Publicado no Brasil por Folhas de Relva, São Paulo, 2020
Impressão e encadernação: Finidr, s.r.o., Český Těšín

FSC www.fsc.org
MIX
Papier aus verantwortungsvollen Quellen
FSC® C014138

www.hagebutte-verlag.de

Luciana Rangel

Está (quase) tudo bem

Crônicas

Ilustrado por
Vítor Rocha

Hagebutte Verlag

Para Victor e Arthur

E ainda tem o prado
e as árvores e
os pores-do-sol
e
o mar
e as estrelas
e a palavra
a música
e as pessoas
e

Rose Ausländer

Sumário

Prólogo ou cenas íntimas de um passado familiar

Nasceu, pois tinha de nascer. E porque a sua existência não cabia mais no ventre da mãe. Depois desse acontecimento inevitável, passou a viver no berço, no beco da sala, na esquina do sofá com a mesa de refeição.

Não era um bebê robusto. Não era feio. Era magro e silencioso. Com tantas crianças na casa, os dias passavam e a única importância era alimentar os animais, a gente que lá se enfurnava, ver se o tempo estava bom para plantar e colher.

A casa, fincada numa terra quente, era adornada de abundâncias. Não tinha banheiro, mas tinha mangueira, jabuticabeira, bananeira, com eira, sem beira.

Era um povo sossegado, visto que as mazelas não apeteciam. Morreu está morto; roubou está roubado. Tem comida, está bom; não tem comida, não tem.

As areias, os pântanos, os manguezais, as restingas, tudo costurado por rios e lagos, dava quase um continente. Mas o dia a dia da gente tem poucos metros, diria dez quilômetros. Há quem precise de mais e há quem viva com menos. A obra toda, visto que a vida é arte, está escrita em documentos.

A criança cresceu, sobreviveu às doenças, à comida ordinária, às vacinas mentirosas feitas de água, piada sem vida no leito de morte de tantos Josés e Marias que não sabem até hoje por que morreram.

Era uma vida, um moleque a existir com roupas apertadas e rasgadas e um lápis para aprender a escrever. Pacífico, guardava no peito a mágoa de vozes externas, que são verdadeiras quando se quer acreditar, pois são apenas sons emitidos por outras pessoas.

A escola, frequentada pelas crianças da região, era quase um castelo comparada às suas moradias. Lá se aprendia, de estômago vazio, o latim e o francês e se sonhava uma história melhor. A mãe analfabeta acreditava no estudo e desde sempre repetia a frase que ressoava depois na cabeça de seus bisnetos: "Vai pra escola. Se você se sentir mal, volta pra casa". Há de se construir o hábito do estudo, vencendo a vergonha das roupas rasgadas e apertadas e do toco de lápis. Na escala da pobreza, há inúmeros degraus a serem considerados. Estamos na escala em que a maior adversidade não é a fome. Há fome, há restrição, mas domam-se diariamente os leões da humildade, da vergonha de sentir fome. Esse mal-estar de ser pobre era pleno. Nas festas de rua, como chamar a menina bonita para dançar? Dormiu sonhos povoados com cadernos novos, livros e outras ferramentas inacessíveis para quem tem pobreza.

Com o crescimento do moço, crescia o país que o ladeava. A mãe ficava velha, os irmãos tomavam rumo. Ele terminara o segundo grau e arrumara um emprego de contínuo. Trabalhava, recolhia livros na Biblioteca Nacional e voltava para a casa da mãe. Comia no refeitório dos estudantes e engolia a cada colherada o medo de ser pego, pois não tinha o direito de estar ali. Mataram um jovem esses dias e o refeitório ficou fechado. Lamentou pela morte do rapaz, mais pelo buraco extra no cinto.

Ia na missa com a mãe, mas por companhia. Não acreditava em Deus e tinha fé em si mesmo. O chefe o achava um rapaz esperto e o chamou para fazer um curso de datilografia. Depois outro e de mais algo que não deve mais existir. "Ô rapaz, tem uma máquina chegando em São Paulo, vai

lá aprender." E foi aprender a usar um trambolho que cabia em duas salas. Hoje, cabe na bolsa.

Foi sem casaco e tremia de frio. Um dia chegou no curso e viu um embrulho de papel pardo. Havia um bilhete: "Carioca, assim você não vai mais sentir frio. Que bom que está aqui, abraços, colegas do curso".

O tempo transcorria e se deixou borrar em inúmeros cartões postais à boa mãe. De volta ao Cristo e às praias, a vida melhorava para todos. Com o nascimento da segunda filha, terminou a faculdade. Chegava do trabalho com os bolsos cheios de balas e a boca cheia de histórias. Levou as filhas para ver o buraco do metrô. Sempre via com entusiasmo as mudanças. Menos uma: em uma formidável data para milhões de pessoas, mas para ele seria inacreditavelmente ruim. Na virada do ano, a mulher foi embora. As filhas ficaram. Tempos difíceis, aposentadoria forçada. Faltavam carne e fruta, o dinheiro do transporte, faltava sonho e sobrava pesadelo. Acaba-se com a vida aos 56 anos? Não dava, ele tinha as meninas. Anos pesados, a paisagem era o muro de um apartamento mais solitário do que o que pôde ser comprado com o dinheiro do divórcio. A roupa esfarrapada, o toco de lápis, a pouca comida. Nada disso se quer ter outra vez. Foram anos de penúria, o apartamento cinza-lápide, a tentativa de trabalhos como corretor. Acorda-se, toma um café, pensa-se na vida ordinária que se leva e de repente toca o telefone. O processo na Justiça contra a aposentadoria forçada. Pois é, ganhou. "Filha, vamos comigo buscar um cheque."

No caminho, os planos ... trocar o carro, de repente pagar um curso de inglês. O escritório cheira a mofo e é apertado

nos prédios do centro do Rio. Se um dia alguém se perdesse ali, ia morrer, pois ninguém o encontraria naquele lugar. São inúmeras salas, incontáveis números que devem confundir até peritos.

Esperam muito tempo espremidos em um banquinho desconfortável. A filha pensa na faculdade, vai perder aula. Chamam o nome dele, ele vai. Leva a filha. Recebe o cheque e não acredita. "É isso mesmo que o senhor leu. Parabéns!" Assina os papéis sem acreditar. Sonham juntos, lado a lado, ele e a filha.

A viagem para a Alemanha, o curso de jornalismo. Um apartamento melhor. O lápis toco, a roupa trapo e a pouca comida vão ficando distantes. O presente, quando é bom, apaga com desprezo o passado. Os dois criam asas. Eles percebem que levitam juntos no ônibus. E ninguém vê, e a ninguém importa. Como num filme em que de coadjuvante passa-se a ator principal. O caminho dali em diante foi bom. Viagens, bolo, champanhe, restaurantes, encontros. Houve paradas para a perda da mãe, dos irmãos. A idade avança e traz dores das mais diversas.

As filhas foram morar a dez mil quilômetros de distância. Uma quer voltar. Como se fosse um ciclo, em que se devolve para a terra o que dali saiu. *Revertere Ad Locum Tuum.* Voltar ao lugar de onde vieste.

Sobre o resistir

Meu pai, durante uma época, ficou obcecado com a ideia de comprar periquitos. Comprava, alimentava-os, fortalecia-os e ia com a gente no Parque Lage soltar. Era uma operação difícil. Ele tentava esconder a gaiola, era o mais discreto possível, mas, muitas vezes, os passarinhos não queriam ir embora. Talvez resistissem por temer o desconhecido. Eu tinha pena; perguntava por que a gente tinha de soltar os bichos. "Eles não morrem de fome?" – "Talvez", meu pai respondia. "Mas vão morrer em liberdade." Eles resistiam de um lado, meu pai insistia do outro. E meu pai acabava vencendo. As avezinhas voavam para a árvore mais próxima. Dada a abstração da morte para a menina de 9 anos e, sendo a morte algo ruim, a ideia de morrer livre era mais atraente do que viver no conforto da gaiola.

Foram meses ou anos libertando periquitos no Parque Lage, no Rio. Era doloroso, pois eu me apegava a eles. O coração apertava quando pensava no destino dos pássaros.

Houve uma vez em que um periquito acordou morto na gaiola. Aquilo acabou comigo. Chorei mais pela liberdade que ele não ia conhecer do que por sua morte. Não sei se foi aí que meu pai parou. Há testemunhas, mas não quero perguntar, pois temo pela lembrança alheia. A memória é um pântano e a minha trabalha sempre a meu favor. Meu pai soltou meus pássaros e não sou eu que vou prendê-los de volta.

Deslocamento

Levei meus filhos até a creche e arrastei o corpo até em casa. Meu voo era a uma da tarde, precisava pegar as malas. A lembrança do dia cinzento aperta o peito ainda hoje. Deixar os filhos e, sem olhar para trás, pegar um avião com a perspectiva de voltar a vê-los em três meses foi algo que gostaria que a memória, ao longo dos anos, apagasse. O desespero era um não querer mais ir. Desisti naquele dia dos meses que iria viver. O futuro que me aguardava seria um futuro-passado ruim, visto que o presente se fazia miserável. Três amigos carregaram-me para dentro de um táxi e para o segundo mais feio aeroporto do mundo, Berlim Schönefeld. O primeiro é, sem dúvida, o Aeroporto Internacional do Rio de Janeiro, o Galeão. Em todo o trajeto, a confusão de pensamentos embaçava o vidro do carro. Nove anos que tentava fazer caber em três malas. Como embalar a história da nossa vida? Como empacotar amigos e momentos tão importantes? Pensar em objetos, roupas e adereços em um momento como esse é fuga. Fugir da dor do adeus. Dizer "Tchau, até daqui a pouco" é até bom. Dizer "Tchau, um dia a gente se vê" petrifica o coração. Acredito, sinceramente, que se possa morrer de saudade.

As horas que antecederam o voo foram ásperas. Os amigos ligaram para o meu pai, apelaram para discursos bem elaborados para explicar o medo que eu deveria enfrentar. Não há argumento que convença uma mãe a abandonar suas duas criancinhas num país. Mesmo assim, sabe-se lá como, em estado apático, entrei no avião. Soa dramático e confuso, mas se tenta viver a vida sem mácula. Cheguei a Lisboa e só no dia seguinte voaria para o Rio. Em Portugal, na saída

do aeroporto, peguei um translado para o hotel. Já telefonava para mãe, pai, irmã, marido. Eu não dormi. Deixei as horas escorregarem entre as roupas que tirei, na tentativa de tomar um banho e lavar minhas ideias. Queria voltar para casa. Às oito da manhã liguei para a agência de viagem. Se corresse para o aeroporto, ainda conseguiria retirar as minhas malas do avião. Meu celular parou de funcionar. Era como uma espécie de jogo em que as etapas se tornam cada vez mais difíceis. Mas a vontade é a grande patrocinadora da inteligência. No aeroporto de Lisboa eu era um corpo oco. O coração ficou em Berlim. Era como em um transplante. O corpo aguarda aflito pela chegada do órgão. Liguei o computador e entrei na internet. Encontrei minha irmã e Ana, uma amiga; e elas, entendendo ou não o que estava a acontecer, ajudaram-me a comprar um voo de volta para Berlim.

Há momentos em que a comunicação é telepática. A cabeça girava e eu não conseguia mais estar em lugar nenhum. Precisava me esforçar, pois as três malas de mais de 30 quilos não poderiam ir comigo no novo voo. Eu tinha duas horas para pensar na forma de mandá-las de volta a Berlim. "Moço, por favor, me ajuda." E convenci um velhinho português com um táxi caindo aos pedaços a apoiar uma estranha e chorosa brasileira, com uma bagagem tão complicada quanto a história que contava. Saquei o dinheiro que consegui em um caixa automático e fomos atrás do galpão onde a empresa de carga se encarregaria de levar o peso daquela viagem até Berlim. Eram vários galpões. Por várias vezes precisei, junto do senhor septuagenário, arrastar as malas pesadas. Pesagem, muito caro. Tirei bombons, xampus, presentes. Pesagem, o.k., registro, envio. Aeroporto. Abracei o taxista. Agradeci calorosamente e dei-lhe o restante do meu

dinheiro. Meu estômago lembrou-me do jejum e comprei um suco. Lisboa-Bruxelas-Berlim. Este era o percurso. Se troquei de avião ou comi algo no aeroporto? Não me lembro. Cheguei muito tarde no Tegel, em Berlim, e, procurando um abrigo neutro, decidi ir para a casa da Ana, em Potsdam. Queria chegar com calma e, antes de ver meus meninos, entender o que aconteceu. E precisava dar alguma satisfação ao ex-futuro chefe. Não havia o que dizer, mas era preciso falar. Não dá para fazer como os pássaros, nós humanos somos carregados de apegos. O deslocamento dos pássaros se dá de maneira intencional e voluntária. Faltaram-me a intenção e a vontade. Era previsível um voo abortado. Para mim, acabara a possibilidade de voltar para o Brasil com um emprego razoável. Voltar para o Brasil. Quantas vezes sonhei que estava voltando com meus filhos, revendo amigos, abraçando a família. Inúmeras foram as vezes em que morri de saudades, antes de dormir, no banho ou quando me via sozinha. A saudade da família é latente, é cotidiana. Não me lembro quando, mas da mesma maneira que nos conformamos com um problema de saúde crônico, aceitei e incorporei a saudade na minha vida. E segui, dentro das limitações.

De manhã, acordei mais forte e quis resolver a situação. Telefonei para o emprego novo e, para minha surpresa, eles ainda queriam me contratar. Antes da fuga, a do avião, foram meses de sofrimento. Meses. Noites mal dormidas, dores de cabeça. Rio de Janeiro ou Berlim? Voltar a ter uma vida agitada, viver perto da família, dos amigos, ou ficar na minha vida "corda-bamba", no picadeiro que é Berlim? Sentir calor o ano inteiro ou ter sempre uma meia no pé? Falar português todos os dias ou pensar em alemão? A dúvida é como uma alergia, incômoda. Depois da conversa, em

que não houve respostas, e sim mais dúvidas, fui para casa de trem. Só há dois lugares no mundo, hoje, que me dão essa paz. Os meus filhos e o meu pai. Beijei minhas crianças e fiquei agarrada a elas no sofá. Se eu "requisesse", o emprego era meu e poderia começar em três semanas. Aí seriam dois meses sem meus filhos. Passei dias com a sensação de viver na companhia de um disco arranhado. A música é boa, você quer escutá-la, mas o disco repete insistentemente a mesma canção. Para mudar para a próxima faixa, eu precisava levantar a agulha, soprar para tirar as poeirinhas e, com as mãos, mirar na linha. Quantas vezes fiz isto na minha adolescência. Mas e se a nova música fosse ruim? E se eu quisesse voltar a escutar a velha e não conseguisse mais mudar a posição da agulha e, pior, se ela quebrasse?

Três semanas depois, mudei a faixa. Sem entender o porquê, com apenas uma mala e nova passagem, embarquei para o Rio de Janeiro.

Ao longo dos anos, ao pisar no Rio, literalmente eu tirava o casaco. Dessa vez, vesti um incômodo e imaginário sobretudo de medos e preocupações. Em quase dez anos, as cidades e as pessoas mudam muito. Enfrentar as mudanças do que era minha casa era ter que encarar no espelho minha imagem invertida, moldada para se adaptar ao frio, a sobriedade do inverno. A língua colada ao céu da boca, as camadas de tecido a esconder a pele e um apreço à solidão que antes morava em algum lugar subcutâneo.

Era uma primavera chuvosa e o trânsito estava ruim. Demorei para chegar ao Leblon. Subi de elevador, apressada, batendo as malas nas minhas canelas. Depois de meses de agonia, dei um abraço no meu pai.

As piores surpresas

No meu quinto dia na nova velha cidade, meu pai descobriu-se doente. Muito doente. Tantos anos para ficar doente e ele fica exatamente no momento do meu retorno. Destino, fatalidade, sei lá. Estou esperançosa sentada em uma sala de espera enquanto aguardo os resultados dos exames. As notícias não são boas. Começamos uma corrida contra o tempo, contra o plano de saúde, que se negou a aprovar uma operação de emergência. Cancelo uma viagem de trabalho para o Sul. A equipe vai mesmo assim, eu fico e sem saber o que fazer, como ajudar o meu pai, a equipe, a mim mesma. Meio atordoada, sinto-me como se fosse uma guarnição ruim de restaurante alemão. Insossa, pálida; ali, para matar a fome e para o que der e vier. Minha irmã rege a orquestra de advogados, médicos, exames.

Dez dias sem dormir depois, chega o dia da operação. O hospital tem nome de santo e fica em Copacabana. São Lucas? Não, não, São Lucas é o nome da clínica de aborto que todos fingem não existir. Esqueci o nome do hospital, mas a entrada parecia um hotel, mármore, plantas, acho que tinha um laguinho artificial. Os recepcionistas querem um cartão de crédito, acho que chegaram a pedir um cheque. Vimos o quarto, bem simples. Tinha vista para um morro de Copacabana, verde, bonito. Tanto tempo fora que, honestamente, não lembro mais de nomes, endereços. Apaguei em mim o mapa da cidade em que eu nasci.

Fomos para a lanchonete, agradável, ao ar livre. Era um dia fresco de outubro. Primavera no Rio. No corredor, meu pai

pediu: “Quero ser cremado, mas não vão guardar as ‘cinzas do papai’ na estante da sala. É ridículo. Me joga no mar. Nunca briguem por dinheiro, sejam amigas”. Depois de suas palavras, o melhor que consegui foi ficar em silêncio. Minha irmã estava firme. Tentei desenhar uma normalidade comendo um pão de queijo. Mas aquilo não desceu.

Chegou a hora. Fomos para o quarto. Ele se despiu, deixou conosco seu belo relógio, sua identidade e o seu amor. Minha irmã, firme e otimista, pegou na mão dele e disse: “Vai dar tudo certo”. Eu me afogava, silenciosamente. Eu não estava preparada para perder meu pai, tão querido, mal-humorado, inteligente e ranzinza. Meu ponto de chegada e de partida.

Foram seis horas de cirurgia. Nós poderíamos ir para casa. Mas não fomos. Pensei em tanta coisa, que agora é difícil de descrever. Pensamentos soltos que quase não me pertenciam. Eram sobre o presente, o passado, o futuro, o remorso de estar longe, esse mal-estar que acompanha todo migrante quando perde ou pensa que vai perder um pai ou uma mãe.

A enfermeira nos chama. Acabou. O médico diz que havia dado tudo certo, mas ele ficaria na UTI. Íamos poder vê-lo rapidamente. Chegamos, ele anestesiado. Viu a minha irmã, viu a mim, e falou: “Falta uma”. Sim, ele tinha três filhas e, mesmo sedado, não esqueceu. Eu, nessas horas, eu rezo, rezo para Jesus Cristo, Nossa Senhora, agradeço a Deus, que imagino um senhor fofinho, gorducho e barbudo, tipo o Papai Noel. Com certeza não sou a única. Desde criança faço essa estranha associação. Mas nessas horas, parabéns para quem consegue permanecer ateu. Eu me apego no deus natalino. Foram dez dias de visitas à UTI. Depois foi para o quarto,

que dividiu com velhinhos moribundos e onde foi tratado por enfermeiras malvadas. Um senhor foi fazer um exame e não voltou mais. Meu pai perguntou sobre aquele homem e, mesmo que ouvíssemos chororôs no corredor, respondi:

"Ah, ficou ótimo, foi para casa".

Levanta, banheiro sozinho, cai, briga, carinho, TV de hospital, tédio, mau humor, paciência. E eu, preparando a mala, comprando roupas, tomando vacinas, pois iria com a equipe de TV alemã para a Amazônia. Poderia cancelar a minha viagem, mas não queria. Meu nome estava nas autorizações da Funai e a equipe estava insegura. Eu precisava ir. Ou talvez precisasse apertar o *pause* desse filme. A cena era assustadora, filhos em outro país, pai internado. Eu estava funcionando no piloto automático. As unhas comidas, o cabelo despenteado e a ausência dos brincos. Nesse esforço, fazia o que de melhor sabia fazer, pesquisar, organizar e me preparar.

O dia da viagem chegou. Meu pai estava mais animado do que eu, achava tudo uma aventura. Me desejou boa sorte e eu desejei que a sorte ficasse ali junto dele.

Das viagens que se quer ficar

Do Rio de Janeiro a Belém são três horas e meia de voo. O mesmo tempo de viagem de Berlim a Lisboa. A mesma sensação de encantamento com o novo. Talvez a sensação de um alemão que chega na capital de Portugal. O avião pousou com chuva, ao fim da tarde. Conseguimos chegar ao Mangal das Garças, mas a situação se agravou e fomos presenteados com um temporal de boas-vindas. Era lindo, um calor e uma chuva que parecia que vinha do chão, pois te molhava por dentro da roupa. A água quicava no solo e subia pelas pernas. Não dói, nem incomoda. Estar inteiramente molhada em um calor sauna é algo adoravelmente relaxante. José era nosso motorista. Era magro, bronzeado, cabelos lisos. Um tipo elegante e comum. Não se incomodou com nossos risos e nossa água enlameando seu carro. Fingia que não via e nos contava histórias, dava dicas da cidade. Sabia muito sobre Belém, o clima e a hora da chuva.

Chove todos os dias no lugar mais lindo que eu já conheci. O andar acima do paraíso. Era um deslumbramento eufórico, completamente proibido aos jornalistas, muitíssimo recomendado aos seres humanos. A cidade era repleta de árvores frutíferas. Tinha cheiro de manga.

Belém é pobre, abandonada. A maior sorte do mundo terem se esquecido de Belém. Aquele centro intacto, casebres centenários caindo aos pedaços, desbotados, sujos, grandes contadores de histórias. Retratos do ciclo da borracha e da riqueza que por lá andou. Casebres com alma. Uma personalidade forte tem Belém. José nos apresenta a comida. Sofisticada, aromática. Filhote é um peixe delicioso,

o peixe dos peixes. Vejo tudo superlativo, estou sendo seduzida pela terra e me deixo levar. Frutas que nunca mais vou lembrar o nome. Tem fruta no suco, no sorvete, na pizza. É tudo gostoso. Sinto-me onde deveria estar. O taxista não aceita ficar com o troco, me devolve. O garçom devolve uma parte da gorjeta, pois acha que dei muito dinheiro. Entro numa loja para comprar algo que nunca me faça esquecer a cidade. Escolho um CD de um cantor local. Acho muiraquitãs, a pedra protetora em forma de sapo, aos baldes. Quero presentear sobrinhas, irmãs, filhos. Acredito realmente que ela proteja e traga boa sorte. O cinegrafista acha graça da minha crença, mas não questiona. Me pede ajuda para comprar um presente para a namorada. Eu ajudo e tomamos o décimo sorvete do dia. Dessa vez de uma fruta que eu nem sabia que existia. Vamos cedo para o hotel, pois precisamos acordar às três da manhã para filmar o Mercado Ver-o-Peso. O maior, o mais antigo da América Latina. Durmo mal. Estamos no hotel mais caro da cidade. O hotel é horrível. Móveis da década de 1960 são de uma madeira quase podre. O quarto cheira a mofo. A cortina é desbotada. O banheiro é sujo. Azulejos velhos e quebrados. Tudo isso numa rede hoteleira que se diz quatro estrelas. Mas nada atrapalha a minha animação em estar na cidade e conhecer o mercado. Acordo cedo, tomo banho. Como todo mundo faz, vou para o bufê do café da manhã e como por horas. Frutas que conheço, frutas desconhecidas, tomo chá, tomo suco. Como um pão de coco. Provo de tudo para registrar com o paladar aquele momento único.

A equipe apareceu pontualmente na recepção. A movimentação do hotel àquela hora já era grande. A cidade acorda com a lua no céu e dorme com a chuva. Chegamos

ao mercado às quatro horas, antes do amanhecer. Cravei em minha memória as centenas de cestas de açaí espelhando a luz da aurora. Um céu de estrelas de açaí. O cheiro, a cor forte do fruto. Centenas de homens negociavam. Precisávamos filmar rapidamente, pois as vendas aconteciam em um ritmo acelerado. Fotografo, aspiro o aroma dos frutos, provo. Ando entre as cestas. Faço meu trabalho com concentração e experiência. Quero viver intensamente aquele pedaço de terra e de gente. E vivo. O dia vai amanhecendo e vejo um pouco mais além das barracas, a neblina desaparece e vira um mundo de peixes, frutas, mangas e barcos. O açaí esvai-se dos cestos. Mas ainda há ervas, legumes, frutas. Começamos a circular pelos galpões. Entramos em um transe sensorial. Esqueço-me de ser eu. Não sou nada, sou apenas o que provo, o que sinto, o que cheiro. Há poesias nas paredes dos galpões. Artesanato. Me dispo do trabalho e me visto de viver. Sou uma vida no meio daquilo tudo. Sou uma mulher no meio da multidão olhando o artesanato. Uma carioca visitando Belém. Nunca fui tão brasileira como em Belém. Senti orgulho de ter um laço com aquelas pessoas. Lisonjeada por estar embalada por cheiros e sabores. Curti cada minuto, cada gota de chuva. No Mangal das Garças, uma reserva como toda reserva deveria ser, garças passeavam ao meu redor enquanto ligava para o meu pai. Conversamos por algum tempo. Ele estava fraquinho. Sentei numa pedra enquanto a equipe filmava. Choveu bastante e fingi não ter guarda-chuva. Fui libertada da dor, da indecisão, da culpa, fui lavada de minhas dores. Belém é a porta da floresta. Belém foi a porta que faltava para me abrir para as minhas fragilidades. Voltamos para o hotel para arrumar

as malas e ir para o aeroporto, precisávamos voar para Marabá. De lá, pegaríamos um carro e viajaríamos horas e horas para chegar à tribo dos Xikrin. Desço mais cedo para o lobby, José já está lá. Faço o pagamento dele, agradeço. A TV alemã não dá gorjeta. Eu dou. Ele agradeceu e disse que naquele dia completava 50 anos. Dou os parabéns, meio sem graça. José é um tipo fino e apático. Para ele está tudo bem, tanto faz. Ele é tão profissional e educado que seus sentimentos não são necessários. Fica incomodado com o atraso do grupo. Um dos colegas perdera a hora. No fim deu tudo certo. Em produção de TV, tudo precisa dar certo. Nos despedimos de José. Ele me falou da vida na cidade com pouco entusiasmo. Em dois intensos dias de trabalho, era a primeira vez que realmente papeávamos. Contou-me que tem dois filhos e é professor de história formado, o que me explicava a sua eloquência. Está frustrado. Não me disse, mas seu desânimo em contar a história mostrou a infelicidade de estudar anos para virar motorista. Ele tem dois filhos, repete. A escola particular é cara. "Você estuda com eles também? Ensina história?" Ele responde irritado que não. Uma irritação sofisticada. Pergunto mais, pergunto se seria possível dar aula e ser motorista ao mesmo tempo. Pergunto se a mulher dele trabalha, pergunto por que ele não mudou de cidade. Pergunto, pergunto... e ele se despede aliviado, tirando apressado as muitas malas do carro. Ele não gostou de mim. Eu também não gostei dele. Era bom profissional, excelente. Contrataria de novo. Mas ele não sentia o cheiro de manga. José não suspirou com o mangal. José me lembrava o Brasil doído e real em um lugar que eu só queria o Brasil imaginário. Eu só queria a fantasia. Acabou.

José ficou em sua vida e eu segui meu roteiro. Tinha datas, horários, endereços, tudo super bem orquestrado, diferentemente da minha vida pessoal, completamente desestruturada.

Sem querer, foi

Difícil explicar o que eu senti ao cruzar o portão da reserva. Êxtase, confusão.

Tem gente que sonha em ir para a Floresta Amazônica.

Eu não. Aos 19, perdi um amigo que quis ver "de perto" uma tribo indígena. Viu o que tinha de ver. Viveu e morreu esse sonho. Queria fazer uma viagem pela América Latina, desbravar a Amazônia, mas teve doença de Chagas. A viagem terminou ali, enterrado, segundo contaram, em uma bela cerimônia. Quando a família soube, pediu ajuda, eu não me lembro mais para quem, e ele foi sepultado novamente no Rio, no São João Batista.

Agora, atravessando 150 quilômetros de mata virgem, o verde me engole. É estonteante, assustadoramente bonito.

Tenho medo, o medo é tanto que me entrego. Fico quieta, observo as árvores gigantes com trepadeiras até o topo e que formam uma espécie de peruca verde.

Há uma decepção no meio dessa beleza toda. Achei, no momento que adentrasse a floresta, que iria voltar a amar o Brasil. Não aconteceu. Fico em silêncio e tento me entender e descobrir o significado da palavra "pátria", de origem e de tudo mais que me faz e desfaz brasileira. O repórter da TV alemã e o cinegrafista me perguntam o tempo todo se eu estou bem.

"Estou", falo quase sussurrando. Não tenho vontade de falar sobre isso, aliás, não tenho coragem de falar com ninguém sobre esse "problema". Acho cansativo só de pensar no que vão me dizer e repetir algo que sempre escuto: "Não compare o Brasil com a Alemanha, procure tirar o melhor. Curta a natureza". Mas eu não comparo nada. É um

sentimento, uma ideia que sai do coração e vai para a cabeça. As ideias do coração são difíceis de explicar.

Aos 20, eu amava este país. Amava. Aos 30, desisti dele.

Eu amava o Brasil, mas resolvi morar na Alemanha.

A memória fica fraca depois de muitos acontecimentos e de tantos anos.

Sempre reclamei do transporte ruim, do machismo; mas eu gostava de viver no Rio, gostava da vida na cidade. Era uma carioca.

Agora estou há um mês e meio de volta ao Rio. Tenho a constante sensação de viver uma situação já conhecida: a cidade é legal, mas não há mais caminho. Penso constantemente no divórcio.

Aquele verde todo, conhecer mais o Brasil, poderia fazer com que eu gostasse novamente do país, me apaixonasse.

Sempre tive muito respeito e medo da natureza. Na infância sonhava com ondas gigantes invadindo o Rio de Janeiro. Tentávamos subir a serra, rumo a Teresópolis, mas o sonho acabava sempre nesse ponto. Eu acordava suada e assustada. O sonho se repetiu por toda a minha vida. Há pelo menos 30 anos ele me acompanha. Pesadelo.

Quando o tsunami do oceano Índico ocorreu em 2004, com mais de 285 mil mortos, me deu um tremendo mal-estar. Mas me consolei de maneira egoísta por estar na Alemanha, na época, com uma bolsa para jornalistas. Na infância também tinha medo de ladrão e sonhava com invasões. Ah, ah, meus medos são simplesmente tudo que envolve o planeta Terra: natureza e ser humano.

A Amazônia tratou dos meus medos da natureza. Ou você aceita sua impotência diante daquela grandiosidade ou se perde.

Depois de oito horas desbravando a reserva, no meio do Pará, chegamos à tribo. Os Xikrin foram "encontrados" há quarenta anos, segundo relatório da Funai. Está escuro. Vejo apenas telhados de palha e duas casinhas. Preciso escolher rapidamente onde dormir. Escolho a casa do Ivan, o coordenador do posto da Funai, e de Bela, sua mulher e enfermeira da tribo. Eles me oferecem uma cama. O escuro me protege, não podemos temer o que não vemos. Desmaio sem me preocupar com cobras, aranhas ou a janela aberta do "entre quem quiser".

Às seis da manhã acordo. Nunca dormi tão bem na minha vida. O ar puro, o barulho dos grilos, sei lá. Acordei muito feliz. Bela já me espera para o café. É linda. Uma mulher de cabelos pretos e longos vinda do Maranhão. Ivan é também adorável e um homem bonito. Eles me falam dos indígenas e eu explico nosso projeto. Ivan é respeitado pela tribo. Mais que isso, é adorado. Sua voz doce e seu olhar firme me explicam o porquê.

A cozinha é o centro da casa. Há uma mesa de quatro lugares, um fogão, um freezer de restaurante e uma pia. Há três portas, uma para saleta de entrada, uma para área e outra para os dois quartos e o banheiro. Eles acham graça dos litros e litros de água que levamos em garrafões de bebedouro. Eles não têm um bebedouro. Branco, nosso guia da Funai, nos deu a dica errada e ri. Branco é um indígena de olhos azuis. Tomamos café da água deles, que eles insistem em dizer que é limpa. Eu reluto, mas bebo o café. Me sinto mal em discutir a limpeza da água que essas pessoas têm à disposição.

Branco quer nos levar aos índios. De dia muda tudo; é como se fosse outro cenário. Vejo uma clareira, as casinhas

da equipe da Funai, um alojamento para os homens, uns cinco, e a casa dos professores.

Do lado direito avisto a trilha para o rio Cateté e do lado esquerdo a tribo. Muitas ocas de cimento e palha, um misto de arquitetura indígena e do "mundo civilizado". Muito lixo no chão. Garrafas de plástico, sacos plásticos. A tribo fede a esgoto. Há um campo de futebol. Ao lado os homens da tribo fazem churrasco. No chão há uma fogueira com gravetos. Eles grelham frangos. Quando prontos, são colocados em folhas de bananeira. Eu sou a única mulher do grupo, não devo ficar perto, pois é um evento masculino, o de grelhar frangos. Os dois cinegrafistas começam a filmar o repórter comendo um frango. Observo as crianças jogando futebol. A tribo joga o dia inteiro. Todos jogam futebol, meninas, mulheres, homens e moleques. Pouquíssimos falam português. Os Xikrin são um povo do tronco linguístico jê e se denominam *Mebêngôkre*, o professor da tribo me explicou. Nosso entrevistado e tradutor se chama Beka. Ele fala português, mas se esforça muito para me entender, o que muitas vezes não acontece. Pergunto para o Ivan se é por causa do carioquês, mas Ivan explica que "meu tradutor" também não o entende. Beka tem 35 anos e já tem netos. Começa-se a viver cedo na tribo.

Somos convidados a conhecer melhor o terreno. As ocas são organizadas em círculos e, no meio, há um clarão e uma construção de telhado de palha. Há uma única parede e, nela, um armário com uma televisão. Há um grupo assistindo TV. Um vídeo de índios dançando. As mulheres em suas ocas se pintam; pintam também as crianças. Nem todas se deixam filmar ou fotografar. Parece que eles querem fazer uma festa para nossa equipe.

É difícil a comunicação. Eu preciso interpretar o que querem me dizer em português retalhado, e aí traduzir para o alemão. Araras, besouros gigantes. Tudo é mega. Folhas, sementes e flores imensas. Sinto-me tão pequena, que me sinto humana. Fotografo as araras, as mulheres pintadas. O registro externo nada mais é do que a tentativa de fixar dentro de mim o que a vida nunca mais vai me mostrar.

Sinto vergonha da minha ignorância. Sou bisneta de uma guarani nascida e criada no Brasil, e não sei nada sobre os povos indígenas. Vou visitar a escola da tribo. É bem pequena, duas salas, entro. As crianças assistem a um vídeo. Um desfile de moda com índias. Me acham engraçada, fazem comentários na língua do tronco Jê, que eu acho bem diferente das nossas heranças do tupi-guarani.

Não entendo nada e pergunto para o professor o que se estuda ali. Ele me explica que tenta ensinar o português. Mas em suas casas falam a sua língua original. As mulheres não falam o português, pois os maridos não deixam. Temem que elas possam ir embora com um forasteiro.

Eles não se sentem brasileiros, eles são Xikrins.

Os Xikrins são conhecidos por produzirem cestas belíssimas de folhas.

Procuro escrever tudo que vejo, tudo que sinto. Há muita informação e minha cabeça transborda. Um dia na tribo dura um ano.

Ao escurecer começa a festa. Os índios vestem sementes, penas e havaianas. Entoam canções para impressionar. Parece mais um show do que uma manifestação cultural. Aquilo me causa um mal-estar tremendo. Procuro me concentrar na filmagem e em fugir de escaravelhos gigantes. Há inúmeros por todos os lados. Piso em alguns, há um tapete

deles, não há para onde fugir. Câmeras, escaravelhos, índios de havaianas. Concentro-me em uma mãe bem jovem com um bebê. Sorrio para ela, mas ela não devolve o sorriso. O bebê é lindo, gorducho. Tem algo branco na boca. Faço um sinal para a mãe para ela limpá-lo. Ela me ignora. Não sei se não me entende ou se entendeu e não vai fazer e pronto. Há algo branco no nariz do bebê também. Acho estranho. Fico preocupada, pois sei que se leite sai do nariz pode ir para o pulmão e causar uma infecção.

O "show" acaba e vamos para o alojamento no escuro. Vou rezando. Procuro iluminar meu caminho com a única lanterna que temos ao som das piadas dos colegas da equipe.

Na manhã do dia seguinte, Bela está na cozinha conosco. Seu dia de folga. Conto para ela sobre o bebê, sobre o branco no nariz e na boca. Ela me fala de maneira conformada que são vermes. Aquele bebê vai morrer. As mulheres indígenas não querem dar remédios, e ela, como enfermeira da tribo, não pode fazer nada. É da cultura deles. "Repare bem em suas cabeças", diz Bela.

"Antigamente, quando alguém morria, as índias batiam pedras em suas cabeças até sangrar. Hoje, elas se esfaqueiam. Mas é da cultura dos Xikrin." Escuto tudo aquilo e fico perplexa. Eles trocaram as pedras por facas. As cicatrizes são terríveis. O bebê lindo vai morrer. Bela conta que muitos já morreram. E outros vão morrer.

Entra o repórter na cozinha e nos dá bom-dia. Ele me conta que Beka pediu uma câmera de presente para fazer documentários.

Bela morre de rir e conta que eles querem fazer filmes pornôs. Achei graça por um momento ao imaginar o escândalo: uma TV alemã doa uma câmera para os indígenas fazerem

pornôs. Depois senti pena de todos e medo. Só pensava em ir embora dali.

Saímos da tribo em absoluto silêncio. Não trocamos uma palavra sequer. Ninguém queria saber se eu estava bem ou não. Todos pareciam aliviados da partida. Nos despedimos de maneira calorosa de todos, mas ninguém olhou para trás.

A viagem de volta foi cansativa. Sentei-me no avião e queria que o tempo passasse mais rápido para chegarmos ao Rio. Pousamos tarde e recusei a carona do motorista da equipe. Queria ficar só. Foi uma luta conseguir um táxi no Galeão e acabei aceitando um por 100 reais. Qualquer coisa para sair dali.

Ao chegar no apartamento do meu pai, o vazio. Ele ainda estava internado. Liguei a televisão, como forma de ter alguma companhia.

Hoje, no *Jornal Nacional*, foram noticiadas as mortes de cinco crianças por balas perdidas de policiais. Logo depois veio a notícia de que os shopping centers estavam lotados. Era véspera de Natal. Pouco antes, a notícia de que o presidente do Senado "havia pedido uma carona" em um avião da FAB para um implante capilar. Fui dormir com a certeza de que estava muito mais segura no meio da Amazônia e que não vou esquecer o rosto daquele bebê que eu não salvei.

Quanto custa?

Acordei suando frio. Sonhei que estava no Rio de Janeiro e que ia filmar em um grupo de ruas que funcionam como um mercado aberto, o Saara.

Estava tão cansada que dormi no chão. Não abri o sofá-cama da casa do meu pai. Dá muito trabalho. O corpo não permitiu. Olhei à minha volta. Sim, estava no Rio e ia filmar no Saara. Tenho medo de sair para filmar sem segurança. No caso, eu não era mais uma local. Percebe-se isso em mim no olhar, nos passos lentos e na infinita estupefação com a beleza do que vejo. Andar sozinha, ainda encaro. Ser carioca é a minha armadura. Mas com um grupo de gringos, munidos de equipamentos caros até os dentes, dá não. Ontem, às quatro da tarde em Copacabana, tentaram nos assaltar. A assistente de produção foi mais esperta e chamou a polícia. A equipe de televisão alemã não levou muito a sério e tirou fotos com os policiais que adoraram a súbita valorização da profissão.

Filmar no Saara me fez roer as unhas, coisa que não fazia há 20 anos. Liguei para o Harrison, um policial que "presta" serviços de segurança. É tipo um vendedor e me vende com destreza a ilusão da proteção, algo que estava disposta a comprar. "Você quer homens armados?", perguntou na lata. "Não, obrigada. Se houver qualquer assalto, não quero que eles reajam. Deixem levar tudo, pois temos seguro para os equipamentos." Ele respondeu:

"Mas por que então você contrata seguranças?".

Respondi com uma pergunta: "Quanto custam dois homens não armados?".

Duzentos reais, meia diária. Acho que era esse o preço.

Pagamento em dinheiro, na mão, ao fim do serviço. Sem recibo.

Liguei para o Harrison várias vezes. Uma voz suave, um cara seguro. Conversar com ele era acreditar em super-herói. Com o super-Harrison ia dar tudo certo. Ele me esclareceu na primeira conversa que as palavras "não", "azar" e "desculpa" não faziam parte do seu vocabulário. Descrevia com clareza e entusiasmo seu trabalho e falava com carinho de seus "funcionários". Disse-me que trabalhava somente com gente honesta e trabalhadora e eu acreditei. Não havia opção. E aquela voz, já quase amiga, era a minha única esperança de ter dias de trabalho tranquilos.

Os rapazes chegaram pontualmente no local marcado, na recepção do hotel. Eram policiais fortes e simpáticos. Acho que nunca conversei com um policial antes. Sempre tive medo. Ou eles estavam me pedindo propina, e aí não dá para papear.

Renato e Rodrigo eram PMs gêmeos. Começavam a trabalhar como seguranças "particulares". A mãe chorava todos os dias, quando eles colocavam as fardas. "Um policial no Rio não dura três anos." Não chequei, mas senti que o medo deles era verdadeiro. Eles queriam fazer uma "clientela" e assim poder deixar a polícia. Perguntei quem era o "Harrison", como ele era, onde trabalhava, e eles desconversaram. Falaram que era um cara legal e que ajudava policiais nessa situação. Ser policial no Rio de Janeiro é viver uma situação. Mudei de assunto. A "situação" está escrita nos jornais e no dia a dia do carioca.

Sinto-me mais segura com eles. Mas era uma proteção quase amigo imaginário. Se alguém aparecer armado, acabou. É mais psicológico achar que está protegido. Mas

estamos livres dos pequenos criminosos, de suas facas e de suas agruras. Gosto muito do Saara, adorava passear com a minha mãe por lá. Vende-se muita porcaria, compram-se tralhas plásticas e a granel. Quando você chega em casa, fica confuso e se pergunta como gastou tanto dinheiro em coisas que vai jogar fora antes mesmo de usar. Não importa, você vai lá novamente e vai fazer tudo de novo. É um ambiente sedutor. Cheio de gente colorida e engraçada. Gente viva, alegre, barulhenta, gente alegria. Duas horas no Saara quer dizer duas horas sorrindo. Isso a Alemanha não tem nem nunca terá. Esse comprometimento com a felicidade. Se pudesse levar algo do Brasil, além do calor, claro, levaria o Saara.

Meu primeiro emprego como jornalista foi um estágio na "rádio Saara". Era excelente, eu escrevia textos como este: "Olá pessoal, vamos procurar a alegria? A alegria está na Casas Campeiro!". E aí o locutor o lia para os alto-falantes espalhados pelos 11 quarteirões que formam o Saara. Pude falar duas vezes, acho que o locutor estava rouco. Eu me senti meio um deus do centro do Rio. Eu adorava, mas tinha medo do trajeto. O centro no Rio era deserto aos fins de semana. Tinha de estar lá muito cedo, às sete no sábado. E terminava o trabalho depois de o comércio fechar. Já corri muito de tarado na rua. Esse esporte eu não gostava de praticar. Mas o passado é uma história que você pode ou não contar. Andando por aquelas ruas buraquentas eu só queria ver tecidos e retribuir a simpatia dos vendedores que viam na equipe alemã a esperança de um dia bom de comércio.

Antes da Copa do Mundo, algumas coisas mudaram no Rio. Mas sempre foi assim, a cidade incorpora o Carnaval e parece que a cada ano quer uma nova fantasia. O Palácio do

Catete está alegre, mais frequentado. O bairro das Laranjeiras, que era um condomínio de aposentados, agora tem feiras com música, famílias diversas, muitos bebês circulando com os pais. Há lugares que mudaram para pior, como o Leblon, uma caricatura do que fora. Estufado, não tem tamanho para ser Ipanema, nem preços para virar Copacabana. O trânsito tornou-se algo impraticável. Levam-se duas horas em um trajeto que há dez anos se fazia em 30 minutos. O primeiro dia que tomei coragem e peguei um ônibus foi uma experiência bizarra. Nunca contava para ninguém que ia de táxi para o trabalho. Morria de vergonha. Como quase europeia eu deveria dar o exemplo e andar de transporte coletivo. Mas desenvolvi uma espécie de síndrome do pânico de ônibus. Mesmo sem ter dinheiro, preferia ficar dura a sofrer apavorada. Mais por me confrontar com a realidade que não melhorara em nada do que por um temor real de que algo poderia acontecer comigo. Mas o medo da violência é como tinta de jenipapo. Uma vez experimentada, precisa-se de tempo para sair da pele. A tinta sai em duas semanas. A violência muitas vezes fica tatuada na gente.

Um dia, saí corajosa do trabalho e marchei até o ponto de ônibus. Esperei meia hora. Os ônibus continuam como sempre foram: malcuidados, sacolejantes e demorados. No entanto agora colocaram TVs e ar-condicionado com temperatura da Sibéria.

Havia baratas no banco. Mudei de lugar. Não lembrava que era assim. A saudade apaga certos detalhes indigestos da memória. Da Urca ao Leblon foram duas horas e meia. Na saída, aliviada e cansada, ouvi de um rapaz: “O que tem nessa bolsa”. Saltei e corri até o prédio onde meu pai morava. Meu peito doeu. Deu pena de mim, do rapaz, da

cidade. Queria que o meu local de nascimento estivesse melhor de saúde; assim como meu pai, o Rio também tem um câncer. Meu pai faz quimioterapia e os resultados eram cada vez melhores. O Rio não vem recebendo tratamento. Temo que já esteja em metástase. Li num panfleto da clínica que os parentes precisam se cuidar, para não ficarem doentes também. O câncer é uma doença familiar. Sinto-me lentamente doente. Um mal-estar que aperta meu corpo até não conseguir mais respirar.

Não me lembro mais o que filmamos no Saara, que felizmente não mudou nada. Ficou a lembrança da alegria pura que eu encontrei no rosto das vendedoras com roupas de verão e da ironia em esbarrar nas madames da zona sul, camufladas por trás de seus óculos escuros. Da música alta, das ruas cheias de buracos, estreitas e sujas, do cheiro da comida árabe e dos temperos da Casa Pedro.

A descoberta de São Paulo

Voar do Rio para São Paulo sempre me incomodou. Sinto falta das minhas idas de ônibus, de carro. No entanto, com a distância entre Rio e São Paulo, se atravessa a Alemanha. No avião, você sobe, estala, desce, estala. Vai de uma cidade a outra em duas estaladas de ouvido. Na estrada era legal, parávamos em restaurantes, postos, tinha orelhão, pão de queijo. Não sei se era legal, acho que eu era jovem. Nascemos imortais e morremos ao longo da vida.

Naquela viagem acho que fingi dormir. Finjo dormir em voos, pois não gosto de conversar atravessando nuvens. E pronto estalou-se o ouvido e a nave pousou. As malas, apesar do selo de prioridade, foram as últimas a sair do avião. Pensei seriamente em não colocar mais selos de prioridade. Enquanto espero as malas, fico tensa, pois o motorista não atende o telefone. É tarde. Ligo para o chefe. Por todas as cidades por onde nós andamos há sempre alguém intermediando, há sempre um chefe. Aquele que você liga, marca tudo. O cara que vai lá te pegar e trabalha 14 horas por dia. É o funcionário. Já perguntei quanto ganham, mas estão satisfeitos, desconversam. O chefe atende, diz que o Luìs está no aeroporto, mas não pode parar na frente do desembarque, pois a polícia está multando. Explico que temos uns cem quilos de equipamentos. Nosso e somente nosso problema. Nos arrastamos pela ruela estreita da saída do aeroporto e, entre vans, encontramos o Luis. Um cara jovem, uns 30 anos. Nosso hotel é bom. Fica no Itaim. Não quero jantar com ninguém, corro para o meu quarto. Não sei o porquê de tanta pressa, se o que vou encontrar é a solidão. Busco o bem-estar no silêncio.

Como amendoins do frigobar. Sete reais um minipacote. Não estou nem aí para o preço. Não ligo a TV. Troco de roupa, troco mensagens com minha amiga Bianca, troco de cenário. Abro todas as cortinas. Estou em um andar alto. Incontáveis prédios, além de duas palmeiras. Talvez outras árvores, não sei nada sobre planta. Sei cuidar de orquídeas. Às vezes minto para justificar meu talento com essas lindas e nobres flores. Digo que sempre tive. Mentira. Passei a cultivar orquídeas há pouco menos de cinco anos. Mas elas florescem aos meus cuidados. Acho inexplicável, nem eu mesma acredito. Em São Paulo não há orquídeas, mas eu minto. Volto a explorar o imenso espetáculo criado pelo homem. São Paulo é uma invenção, o que eu não acho necessariamente ruim. Entre os prédios pontudos e cinzas há uma casa meio moderna que acredito que seja um museu. Ou algo assim. Tento me sentir em Berlim, mas não dá. Há um infinito de prédios, uma linha do horizonte pavimentada. O carioca é treinado para odiar São Paulo. Para achar a cidade feia. O céu que vejo aqui é o mesmo que avisto do Rio. Melhor dormir. No dia seguinte iremos na Mooca filmar uma festa de italianos. Não faço a mínima ideia onde fica esse bairro. Preciso acordar mais cedo para pesquisar o que podemos filmar por lá, ter uma história para contar. Saudades de quando dormir era prazeroso. Apago. Horas depois me acendo movida a uma bateria profissional. Estou viva, preciso trabalhar. Tomo um banho quente. A ducha é ótima. Desço e rezo para não encontrar qualquer pessoa no café da manhã. Estão todos lá. Detesto café da manhã com equipe. Café da manhã é um ritual para mim. Alguns meditam, outros fazem ioga. Tomo meu café da manhã. Se há uma coisa que me une ao meu pai, é o café da manhã.

Sempre acordamos entusiasmados, discutimos ideias e pessoas, coisas e sentidos.

Com ele era sempre assim: quem acordasse primeiro fazia o café e aguardava o outro. Estar no Brasil e não estar usufruindo desse ritual me tirava o humor. Tomar café pensando em trabalho é um começo de dia ruim. Coloco meus óculos escuros, sento-me, bebo um café e dou a desculpa verdadeira de que preciso organizar a filmagem. Sim, São Paulo é logo ali. É, sou brasileira e nasci no Sudeste. Conheço qualquer cidade alemã melhor do que São Paulo. Na verdade, será a primeira vez que ando por esse lugar estranho. As outras vindas, corridas, não contam. Pedi para o Luis chegar antes e ele estava lá. É lindo o Luis. Neto de italianos, olhos azuis. Nasceu na Mooca, o que me tira um peso das costas. Conversamos sobre o que vamos filmar. A festa dos italianos começa somente às quatro da tarde. Antes filmaríamos a avenida Paulista. Saímos pontualmente do hotel às dez da manhã. Parecemos um carro alegórico a desfilar pela cidade. A porta da van está aberta para o cinegrafista conseguir imagens boas. Nós o seguramos pela roupa. É divertido, o dia está lindo. Estacionamos em frente à Livraria Cultura. Escuto música sertaneja, ando um pouco, escuto um axé. Do outro lado da rua, uma performance curiosa. Atores com belas máscaras recitam poemas. Meu coração dispara. Recebo sorrisos. Pergunto onde posso comprar água. Me tratam bem. Esqueço e peço mate no café. A moça sorri um sorriso de negação e diz que eles não têm mate por ali. Rio. Peço água. Me sinto bem. Volto para o carro e Luis nos leva para a Mooca. E é exatamente como eu pintei em meus pensamentos. Muitas casinhas. Algumas em estado precário. Há prédios horrorosos substituindo as casinhas derrubadas.

Ruas enormes, você anda, anda, anda e continua no mesmo bairro. Anda de carro. São Paulo é um corpo e suas ruas são veias que vão do dedão do pé ao cérebro, sem se esquecer do coração. Me sinto sangue correndo naquelas veias, ruas antigas, marcas do desenvolvimento do meu país. Filmamos antigas fábricas, ruelas, e paramos para almoçar em um bar. Comemos bem, difícil não comer bem em São Paulo. Entramos no carro e vamos para a festa italiana. Estacionamos em frente à rua do evento, uma rua sem saída. Está decorada. Chegamos cedo e as barracas ainda eram montadas. Os idiomas eram o italiano e o português. Velhinhas preparam massas e conversam entusiasmadas. Estão em outra dimensão. Gargalham. Fico assistindo como se assiste a um filme bom. Faço um bom trabalho, encontro os entrevistados, os assessores do evento, tudo certo. O show principal é feito por pai e filho. Ganham a vida cantando músicas em italiano a bordo de navios. O pai é italiano. O filho não fala italiano, mas canta na língua do pai. Os shows acontecem dentro de uma quadra de esportes e se paga caro para assisti-los. São várias mesas compridas, um palco. As mesas não têm lugar marcado. Apenas uma tem um nome. E o dono já ocupa seu lugar. Um velhinho com a vida já a transbordar. Tem uma bengala e é acompanhado pela filha. Mal enxerga, sorrio para ele e ele retribui. Penso como a vida tem em sua base um chão de sorrisos de estranhos.

O show vai começar. A gente lá trabalhando. Terminada a filmagem, sento-me em uma cadeira vazia. Um rapaz de moletom vem em minha direção. Peço desculpas e me levanto. Ele, gentil, diz que posso ficar sentada, que ele só quer passar. Agradeço e sento-me novamente, lamentando não ter comido nada naquela festa. Já passa da meia-noite.

Precisamos ir embora, estamos cansados. Na manhã seguinte, antes de pegarmos o voo para o Rio, vamos conhecer o bairro da Liberdade, que sempre tive curiosidade de conhecer.

Deixamos os italianos. Encontraremos os japoneses. Acordo animada e peço café da manhã no quarto. Foi ótimo tomar café em silêncio e buscar endereços. Quando desço para o hall do hotel, sento-me num sofá para carregar o celular. Com a mala pronta, olho para o teto, esperando o tempo passar. Saímos bem cedo e ao chegarmos à Liberdade o comércio ainda não tinha aberto. Esperamos em uma praça. Não me lembro do nome de nenhuma rua local. Mas, se fecho os olhos, lembro-me de cada rosto que passou por mim, dos desenhos orientais de um país nunca por mim imaginado. Escuto japonês, vejo placas em japonês. Entro em uma barbearia para pedir uma informação e ninguém fala português. Me sinto estrangeira e estranha, impressionada por existirem tantas camadas em uma só pele.

Encontramos o restaurante japonês onde o futuro entrevistado nos aguardava. Um menino com mais ou menos 19 anos. Ele nos conta a história de sua família. Ele e o irmão foram mandados para estudar no Japão, um enorme sacrifício para os pais. Não foi fácil a adaptação; o irmão sofreu mais. Demorou, mas ao fim do intercâmbio ele se sentia feliz em Tóquio. Gosta de São Paulo e mora a uma hora de distância da Liberdade. É campeão brasileiro de karatê e dá aulas em uma academia bem pertinho do restaurante, que aliás é excelente. Simples, quase um bandejão da época de faculdade, mas com comida japonesa. Ele, de maneira elegante, nos mostra os pratos. Fala japonês fluentemente e, apesar

de ter nascido no Brasil, se sente um japonês. Me vejo nele. Falamos a mesma língua. Não me refiro ao português, mas a um idioma difícil de falar, o idioma da imigração. Há palavras que chegam, ditas por um imigrante aos ouvintes que compartilham do mesmo destino, com um significado bastante peculiar, um código. E eu decifrava suas frases como ninguém. Eu queria aquela conversa, mas uma equipe, um voo e a pressa da programação me afastaram do encontro que fazia uma curva por São Paulo, por tudo que eu não sou, derramando-se, acidentalmente, dentro de mim.

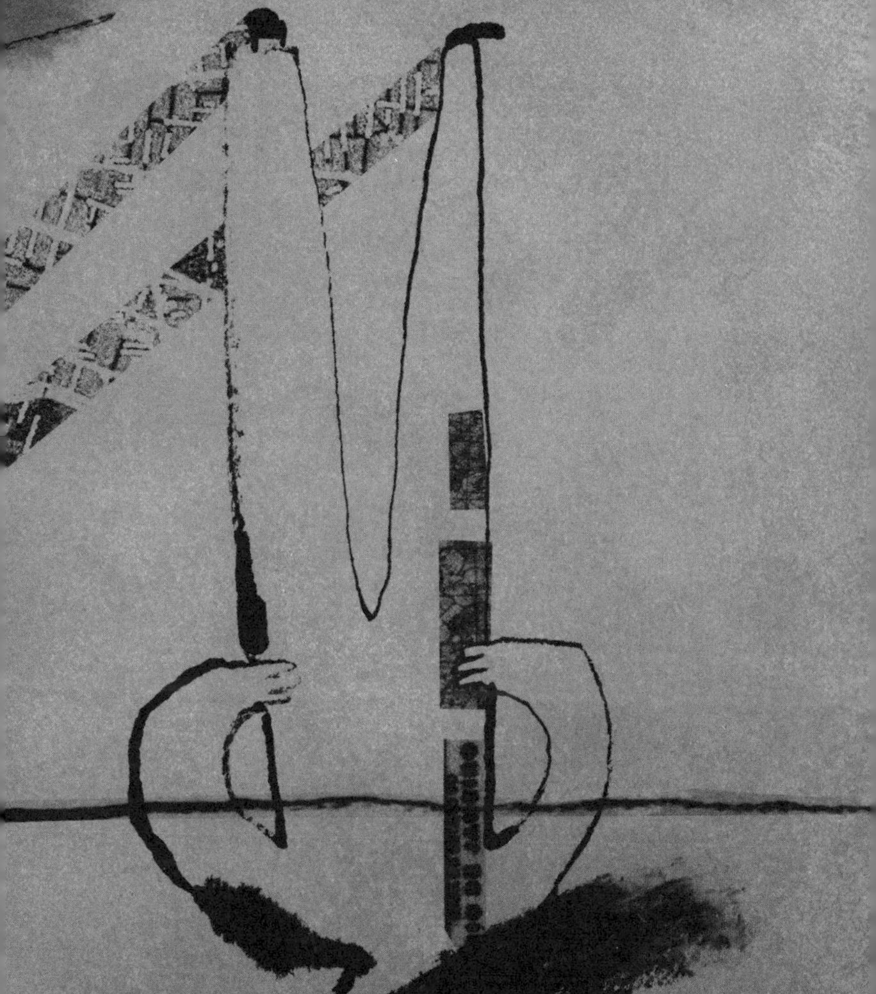

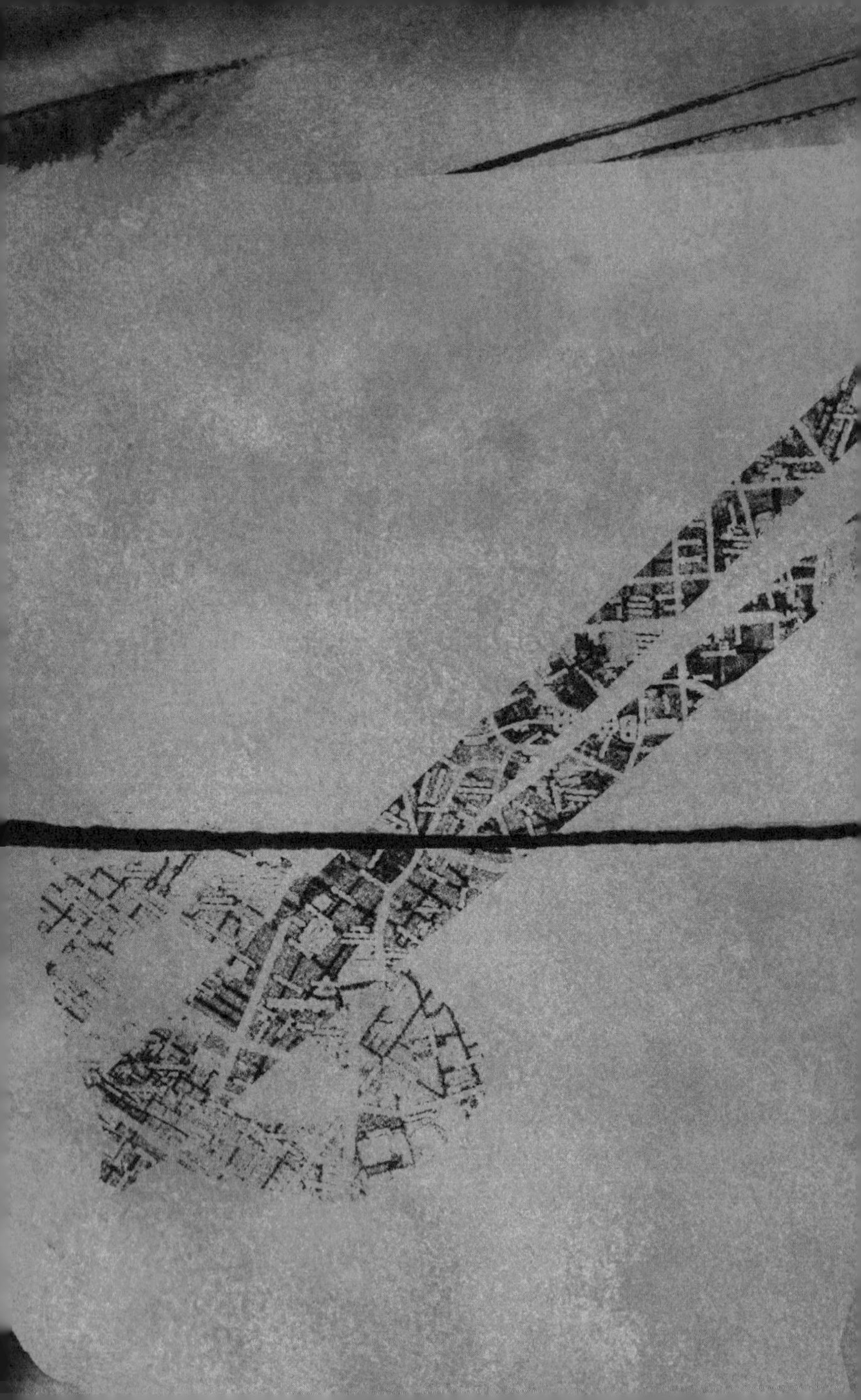

Difícil escolha

Preciso seguir. Ficar no Rio ou voltar para Berlim. Não é, nem nunca será, uma decisão que me provoque alegria. Quanto mais o tempo se arrasta, mais difícil fica. Sinto-me ininterruptamente andando na areia fofa da praia. Não há solo firme para os meus pés. Eu queria ter dias de sol, orquídeas nas árvores. Meu pai por perto. Mas quero pegar um ônibus e ler meu livro sem receios. Quero ter um emprego, chegar em casa e conviver com os meus filhos. Almejo o silêncio berlinense e o barulho humano do Rio, mesclados em um só corpo. Essa cidade é quase um planeta que só existe dentro de mim. Não importa, o que eu quero não vai existir hoje, nem amanhã. Queria um Rio mais Berlim e uma Berlim mais Rio. Eu tenho as duas cidades, mas no Rio se desenvolvem em mim uma impaciência, uma insegurança, uma infelicidade febril. Era para eu me sentir feliz. Preciso lembrar de usar esse momento em benefício da língua portuguesa, um bom exemplo de ser e estar para os alemães. Ser feliz no Rio é quase uma obrigação. Estar feliz no Rio é uma questão de cegueira social. Resolvo fazer um esforço. Viver a cidade como se nunca tivesse saído de lá. Fazer da rotina o meu acalanto. Acordo mais cedo e pego um ônibus. Preciso ir do Leblon para a Urca. Fico confusa e demoro a encontrar o ponto. O ônibus demora, mas chega, e chega vazio. Tem ar-condicionado. Dou bom-dia para o motorista e para o trocador e sento-me. Os dois estão conversando animados sobre um jogo de futebol, recebo um "bom dia" indiferente.

Ouço música. No trajeto tudo vai bem, só há um problema. Não termina. Atravesso todo o Leblon, o Jardim Botânico, Botafogo, quando chego à praia, sinto alívio. Vejo o

Pão de Açúcar. Aí, me dou mal. O ônibus dá volta em toda a praia de Botafogo para finalmente seguir destino à Urca. Quase duas horas de percurso que duraria meia. Desço enjoada da viagem, com mais outros sintomas do sacolejo do coletivo, e chego ao estúdio. Não aprendo, demoro uns 20 minutos esturricando ao sol, procurando a chave. Não quero tocar a campainha, quero chegar sem muita conversa.

Tento manter o bom humor. Subo as escadas e entro em minha sala. Sou a primeira a chegar. Um mico chega à janela para me dar um alô. Vejo o mar. O verde das árvores brilha com a luz do sol. Minha sala está toda desenhada de sol e sombra. Sinto minha pele quente do calor. Agora me lembro de como é ser carioca. Lembro da infância no Aterro do Flamengo, da textura do shortinho de algodão. Das palmeiras reais, do Museu da República. Como adorava, em dias quentes, ir para lá. Há estátuas de bronze. Um índio mata uma cobra. Tinha medo, mas gostava de olhar e de tocar, eram geladinhas, ficam à sombra, mesmo em um calor de 40 graus. Às vezes ousava e montava na estátua. Me sentia forte. Flerto com a minha infância ou com a cidade que há tempos desisti de amar? Seria uma recaída? Turisteio por um mês e revisito toda a minha história. Vou ao Catete, tomo caldo de cana, como pastel. Subo a Floresta da Tijuca, dou banana aos macacos. Ando pelo Largo do Machado, como esfiha. O peito aperta de saudades dos meus tios e de ter amigos de 13 anos. Fecho os olhos e vejo o pipoqueiro na porta da escola, a rua estreita da saída apinhada de gente. O uniforme azul-claro. Fico tonta, abro os meus olhos e tento enquadrar meu passado no meu futuro. Não cabe. O passado dobra-se como folhas de papel; e assim tento fazer com que tenha menos volume, para caber no futuro. O futuro é

amórfico, muda o tempo todo de tamanho e toma os mais engraçados formatos. O futuro é uma bola de sabão, divertida e delicada. Não cabe o passado lá dentro. Estoura. Receio macular meu futuro, e vou embora dali. Pego um táxi. Não tenho forças para subir no ônibus. Escalo o coletivo, as suas escadas parecem não ter fim de tão altas.

O passado me esgotou. O passado tem esse dom, sugar as forças. Pesar o momento. Respiro fundo e passo na casa da minha mãe. Estou de volta ao presente. Fico aliviada. Volto a falar de hoje e de amanhã. Minha mãe acha graça, mas não tem muito tempo, precisa ir para seu grupo de música de cantores de mais de 65 anos. Eu pego outro táxi e rumo ao Leblon. Depois de três meses, meus filhos estão chegando ao Brasil. Preciso arrumar a casa para a chegada, ver escola etc. Faço de má vontade, pois vejo o Rio cada vez mais no meu passado. E, no meu presente, a cidade incomoda. E prevejo que no futuro não estarei mais aqui.

Acordei cedo. Tenho o dia livre, meus filhos vão chegar. A vida tem momentos difíceis, mas os últimos meses entram em minha memória como o mais longo pesadelo da minha humana história. Chamo o Zé, um motorista que presta serviços e o contrato para ir ao aeroporto comigo. Serão muitas malas. E os meus filhos. O peito aperta. Li em uma reportagem que as mulheres morrem mais de coração partido do que os homens. O meu coração, pasmo, é mais forte do que eu. O meu corpo inteiro parou e ele continuou batendo. E me levou sozinho esses dias todos, arrastado e me fazendo viva cantando sangue em minhas veias. O ritmo de suas batidas eu escutava à noite, pois ecoavam no meu travesseiro. Achei que era pressão alta, mas era apenas meu coração tentando mover o que a cabeça não conseguia.

O avião chegou. Coloco meus óculos escuros. Não quero dividir com ninguém a minha dor. Respiro com dificuldade. Penso em tudo que vivi nos últimos três meses. A morte ameaçando impedir meus reencontros. Quem a minha vida pensa que é? Aviões sacolejaram, acidentes de carro. No Pará, batemos o carro no meio do nada. No Rio, peguei um táxi que bateu no túnel. Por sorte, me segurei. Estava sem cinto de segurança. Fingi que nada tinha acontecido e com a mão machucada e completamente atordoada peguei outro táxi e fui visitar meu pai no hospital. Como ia explicar para a minha irmã e para o meu pai que tinha sofrido um acidente de carro? Não era a minha vez de me acidentar, ficar doente. Meu pai estava no pós-operatório de uma cirurgia de horas. Que direito eu tinha de sofrer uma dor física? Mas o coração ninguém vê, é meu e está escondido. Posso sofrer à vontade. Na minha casa-corpo eu penso e imagino o que eu quiser. Aqueles óculos escuros eram um portão, pois queria fechar todas as portas.

Como sempre, o aeroporto estava abarrotado de pessoas que aguardavam por amigos, familiares, colegas de trabalho. Um dia comum no Galeão. Eu aguardava por mim mesma. Parte de mim estava dentro daquele avião. O pedaço oco de carne no saguão era minha presença humana, mas a alma não está necessariamente presa aos membros. A existência humana é muito abstrata, a imagem que aparece em nossas fotos é apenas um borrão de tintas que se apaga com os anos ou com a morte. As pessoas começaram a sair, senhoras alemãs com bochechas rosadas, cansadas, mas animadas, soltam “Hallos”. Homens de negócio. Famílias com crianças adormecidas em carrinhos. Caras amassadas, cheiro de avião.

Eis que correm duas pessoinhas. Mas muito pequenininhas. Das crianças que saem da porta da alfândega são as mais animadas. Eu me ajoelho, estou de vestido, jogo a bolsa no chão. Abraço e sinto o calor, escuto a voz. Não sei quanto tempo fiquei ali, abaixada. Eu não me lembro. Sei que foi mais que meia hora. Tempo que precisei para recuperar minhas forças e tentar contar com palavras coloridas de infância o que fiz nesses longos meses de afastamento.

Minha bolsa estava a um metro de mim. Não me importou naquele momento a possibilidade de perder os documentos, que pudesse ser furtada. Ninguém quis levar meus pertences. Talvez para quem estivesse por perto era mais interessante capturar aquele amor, aquela cena. Uma moça jovem, eu vi, tirou uma foto. Às vezes eu penso nessa foto. Para quem ela mostrou? Será que ficou boa? Será que ela deletou e ninguém a viu?

O resto dos viajantes de nossa equipe, marido e sogro, pegou um táxi. Fui com os meninos, o Zé e as malas para a casa do vovô. De mãos dadas, fomos atravessando o triste caminho do aeroporto. Fui contando minha história ilustrada pelo trajeto, Ilha do Fundão, a carcaça do prédio abandonado do *Jornal do Brasil*, na avenida Brasil. Adentramos montanhas e estamos na zona sul, na Lagoa Rodrigo de Freitas – para os cariocas, a Lagoa. Um trânsito lento, arrastado. Eu estava em transe. De repente a vida era tão bela quanto a cidade que nos acolhia. Aquelas mãozinhas eram minhas asas. E eu voei para bem longe de todas as minhas crises, conflitos e desilusões. O meu mundo voltava a girar em torno deles e eu tagarelava animada, a falar da flora, da fauna. Das antas, dos tucanos do Jardim Botânico. Das inúmeras orquídeas, da praia, da piscina. As primas, os ami-

gos, todos temas adoráveis, e ninguém há de discordar de mim. Zé é contaminado pela minha felicidade e nos oferece um passeio ao Parque da Tijuca. Eu topo tudo. É a chance daquela cidade que volta a ser minha. Uma oportunidade de fazer meus filhos se sentirem brasileiros, cariocas. Quem sabe pelos olhos deles eu volto a ver um Rio de Janeiro lindo, quente, a musa dos cartões-postais. Cheguei ao Leblon, repleta de malas, filhos e esperanças.

Dor de cotovelo

O desânimo se faz presente, mais intenso do que a respiração. As praias de Paraty, de Pernambuco e da Restinga de Marambaia são memórias confusas. Como essa beleza toda não pode trazer paz? Quando há dor, o dia mais azul pode se tornar cinza num breve piscar de olhos. Me sentia doente.

A água transparente, a areia de farinha de mandioca, tatuís, peixes, pequenos caranguejos. O sol queimando, aquecendo por dentro o que adoece por fora.

O incansável céu azul turquesa. Não há céu mais azul do que o céu do Brasil. A luz. A iluminação mais perfeita da terra, o verde das árvores ofende os que passam. As palmeiras. Um Brasil paraíso. Estou em 1500. Fecho os olhos e esqueço-me de tudo, de todos. Não quero ter passaporte, nacionalidade, quero apenas existir. Usufruo da minha experiência e respiro sem pensamento. Mexo meu pé e esbarro em uma garrafa de plástico. Jogo no lixo.

Foi como se tivesse vivido dez anos em alguns meses. Conheci lugares de maneira intensa, muitas vezes dura. As experiências que temos, ou são pintadas em nossa memória, ou nos esquecemos do fato, das informações, das imagens, mas permanece sempre, querendo ou não, a memória emocional e olfativa. Basta um perfume, um cheiro conhecido para fazer explodir imagens, histórias que palpitam dentro da gente.

Vi pouco de Pernambuco, mas guardei alguns retalhos para minha colcha emocional. Filmamos um casamento cinematográfico. A equipe ficou hospedada em um hotel fazenda. Uma avenida de palmeiras nos levava à recepção. Parecia um filme da década de 1970. Tento me concentrar no

trabalho e preencho formulários de cadastro para a equipe. Somos cinco. Eu sou a única mulher. Adoro o norueguês Sven. Ele está empolgado e fala um português com muitas gírias. Meu pai nos chama de "a legião estrangeira". Estamos todos bem. Filmar um casamento num dos lugares mais lindos do Brasil não acontece todos os dias.

A praia dos Carneiros é especial. Almoçamos antes de irmos filmar. O dono do hotel chega e se senta conosco. Ele parece saído de uma minissérie de TV ou de uma novela grotesca e clichê sobre o Nordeste. Tem a barba branca, olhos claros. Foi com certeza bonito. Gosto bastante dos seres humanos. Vejo muitas vezes beleza demais, até quando não existe. Fantasio as pessoas sempre para melhor. Floreio meus amigos e acaricio os defeitos, e assim faço também com estranhos. Ele começa agradável, com eloquência. Depois transforma-se em um monstro. Trata mal os funcionários. Ele transforma o cozinheiro em um mico de circo. Queremos comer sossegados e a situação torna-se insustentável. Fala em números, como ele era rico, como teve berço, que sua fazenda de monocultura tinha milhares de hectares a mais do que hoje em dia, mas que o governo considerou improdutiva e tomou-lhe as terras. Eu quase comemorei, mas achei prudente continuar a olhar para o infinito e vez ou outra soltar um "hum". Ficamos três dias ali. O senhor de engenho nos importunou em todas as nossas refeições. Ele tinha um sócio alemão que apareceu uma vez. Simpático e gentil, sentiu-se envergonhado pela postura do amigo. O alemão tinha um olhar de felicidade. Casou-se com uma brasileira e nos disse ser feliz. O barba branca tinha uma mulher saída da adolescência. Tudo tradicional.

Poderia ter hoje memórias da praia, da piscina bonita do hotel, ladeada de palmeiras. Mas a lembrança desse homem não me sai da cabeça. Ser importunada com ideias miseráveis, repulsivas e uma visão equivocada de mundo na hora da comida, durante dias longos de trabalho, marca. Não me alenta o fato de não precisar vê-lo nunca mais. Pois acredito que ele esteja firme e forte, importunando outros. Esse era o cenário de meus 39 anos. Ambientado em um hotel com um dono deprimente, ornamentado de uma praia paradisíaca, quatro estrangeiros e um casamento de telenovela. Naquela terra linda e quente, senti falta de meus dias frios de Berlim. Era uma sensação antiga de não ter mais chão. De não pertencimento. Quando pais se separam, um amado está doente. Não há base, não há tijolo que segure o frágil bem-estar. Aquela luz toda me afogou em uma tristeza transparente e inodora. Sorria e participava de conversas sem estar ali. Iluminada por fora e apagada por dentro. A água límpida do mar me embalou em outros pensamentos, mas não conseguiu lavar a minha infelicidade. Era como se minhas incertezas ficassem mais aparentes diante de tanta luz.

Na volta ao Rio, tive vontade de contar a todos meus feitos cinematográficos. Como consegui coordenar três câmeras, um drone e uma cerimonialista desinteressada. Mas quando se começa a contar uma história que cansa o narrador, que dirão os ouvintes. Há crônicas cotidianas que só dizem respeito a quem as vive. Às vezes tenho vontade de contar algo para alguém, mas aí, no meio, desisto. Acho chato, cansativo, e minha língua embola. Mudo de assunto.

Sentada no sofá, comecei a sentir falta de ar ao pensar que a ambulância no Rio não chega em menos de cinco minutos, como em Berlim. “Pega um táxi”, ouvi do atendente

do plano de saúde, quando pedi ajuda, ao ver que meu pai não passava bem. Insegura e sem conseguir pensar direito, resolvi esperar. Uma hora e meia depois chega a ambulância. São simpáticos, nos tratam bem. O trânsito estava ruim. "Ainda bem que ele pôde esperar, né?!", disse o enfermeiro. Eu acenei com a cabeça sem vontade de continuar a conversa. Desde que voltara de viagem, meu pai não estava bem e eu não dormia há três dias. Queria tomar um banho, sair um pouco e tentar me lembrar como eu era antes disso tudo. Como eu achava que para tudo dá-se um jeito. Queria me lembrar de como eu via felicidade em tudo, em um sabonete cheiroso, em um copo de água gelada, em um ingresso de teatro, em um livro novo. Do meu orgulho de finalmente ter um apartamento melhor. Eu queria sair e voltar no tempo, relembrar da visita do meu pai a Berlim, quando ele olhou meu chão gasto, a reforma improvisada e nunca acabada do que sobrara da Segunda Guerra Mundial, concluiu "você se contenta com o que tem". Queria continuar a me contentar com o que tenho, mas agora o que eu quero é muito mais. Quero que meu pai fique bom, quero que ele seja eterno.

Heimweh

Fiquei com saudades de Berlim. *Heimweh*. O dia foi ótimo, comi feijoada com amigos, comprei livros. Ao fim da tarde aconteceu. Tomava um picolé de doce de leite sentada no sofá, ladeada pelas crianças. Na TV a cabo, um filme alemão irrelevante, nem me lembro do que se tratava. Mas ouvi o idioma saudosa. Nas últimas semanas tagarelo alemão com as crianças na rua. Mais pelo hábito de falar uma língua secreta e assim preservar dos ouvidos curiosos as nossas conversas. É prazeroso falar sem filtro e alto com seus filhos uma língua que ninguém ao redor entende. O alemão faz parte do meu dia a dia há nove anos e faz falta quando estou em outro país. Como expurgar esse idioma, essa cultura que há quase uma década força ultrapassagem arriscada na minha cabeça?

No filme nevava e me agarrei àquele picolé para avivar as minhas recordações do que é gelado. O calor do Rio de Janeiro faz qualquer inverno alemão parecer coisa de filme. Começo a pensar nos problemas. Aluguei o apartamento mais barulhento e caro de Botafogo e agora preciso me livrar dele. O ônibus entra, até de madrugada, pelo ouvido direito, sai pelo ouvido esquerdo e desce de elevador. Acho que ouço uma buzina, mas pode ser alucinação. Bastaram-me três meses no Rio para pensar em voltar a Berlim. Meu pai dorme no quarto e meu peito aperta. Meu pai sempre nos dizia: “Filha, nós somos muito felizes, nós temos saúde. Meu pai sempre, sempre tem razão. Como deixar o vovô sozinho? Como deixar o vovô sozinho e doente? Coço o olho para espalhar as lágrimas. Faço isso sempre. Quando tem alguém por perto, minto sem pudor, digo que entrou algo

no meu olho. Entrou nada, está é saindo através dos meus olhos a angústia. Acho que vou começar a responder que foi um cisco de infelicidade.

Envelheci dez anos em três meses. Percebe-se nas olheiras, nos cabelos brancos, na dor nas costas. Tomo banho, me alimento e me arrumo normalmente, mas tudo é muito cansativo. Tento voltar para o picolé que derrete e escorre pelas minhas pernas. Preciso voltar a Berlim, não tem jeito. O trabalho é frustrante e maçante. Ou estou viajando ou com muito trabalho. Quase não vejo os meus filhos, mal consigo cuidar do meu pai. Tenho crises de pânico em aviões. Tenho medo de abandonar e de ser abandonada. Neste momento de angústia, não há ninguém para resolver para mim, nem amigo nem parente. Suplico, mas ninguém me diz o que fazer. Tenho inveja das crianças, pois elas não sabem a sorte que têm, sempre são conduzidas. Se recebesse uma ordem, obedeceria silenciosamente e satisfeita. Mentira. Nunca obedeci a ninguém. Tenho uma teimosia muito minha que guia o meu provisório viver. A teimosia é como um desejo de ser como os periquitos do meu pai. O que importa é morrer em liberdade. Quando acabo de ler um livro, preciso de outro. Após um capítulo, precisa vir um novo. Assim é o meu estado respirante, preciso de variados acontecimentos. Mas entre os tumultuados, repletos de ação, preciso de capítulos de reflexão. Recordo-me de uma cena de criança: acordo mais cedo que os demais, em passos delicados sobrevoo o caminho até a sala e chego à janela. Sem perigo, por ser térreo, sento-me no parapeito e observo os pombos comerem. É cedo, amanhece na cidade, não há sons, apenas os dos pássaros. O calor do dia vem pouco a pouco, como num sussurro a me esquentar o rosto. Tenho quatro anos e

uma paz imaculada. A felicidade aos quatro anos é eterna. Escuto os passos de meu pai. Ele acorda e vai direto para a cozinha. Só saio da janela quando sinto o cheiro do café. Pulo da janela para o sofá e vou correndo para a mesa. Ele me faz café com leite e pão com manteiga. Nenhum prato é melhor. Nem nos melhores restaurantes de Nova York e de Paris. Nenhuma refeição preparada pelos melhores chefs do mundo será melhor que café com leite e pão com manteiga. Entre as coisas que me unem ao meu pai, o café ocupa uma posição privilegiada. Minha biografia resumida seria assim: ela nasceu, bebeu café com o pai e morreu. Levanto-me do sofá e vou fazer um café. Bebo um balde sentada na varanda na esperança de que os Dois Irmãos, que tanto me protegeram e ampararam, mais uma vez me acolham e não me deixem na mão.

Visita

Preciso ir para Berlim fazer a prova de nacionalização. Bastou eu dar entrada nos documentos que me veio o trabalho para o Brasil. A vida sempre pode ficar mais complicada e geralmente fica. Antes do convite de trabalho, eu estava bem em Berlim. Tínhamos perspectiva, talvez nos faltasse um cachorro. Sou feliz com retalhos. Um pouco de dinheiro, um pouco de ambição. A única peça completa necessária é a peça de paz, para vestir toda a família e com os pedaços restantes costurar algo para os amigos. Chegara o momento em que eu poderia virar alemã. Digo para todos que eu vou virar "alemoa". As piadas que somente quem as faz entende e acha graça. Fico rindo sozinha. Disse isso para um conhecido e ele corrigiu meu português. Insisti: "Serei 'alemoa', alemã não serei nunca". Nasci brasileira, emigrei aos 30 anos. Os dez anos mais importantes da minha vida passei na Alemanha. Falo, penso e como em alemão. Quando meu bebê recém-nascido foi operado, muito doente, quis falar o inglês. Era muito agressivo associar aquela cultura, aquele idioma com tamanho sofrimento e incompreensão. Eu não poderia perguntar ao médico em alemão se meu filho tinha chances de morrer. Após a operação, quando os riscos do abismo cessaram, eu voltei, para confusão da equipe médica, a falar alemão fluentemente. Foram duas semanas no inferno e, nesse espaço de tempo, não falei alemão. Depois de nove anos na Alemanha, estou preparada para me nacionalizar. Abrir espaço para uma nacionalidade é abrir mão de parte da identidade existente. É como arrumar gavetas. Para caber novas roupas é preciso doar as velhas. Quais são as roupas velhas que eu tive de me livrar? Qual

o preço a ser pago dessa mutação. Engana-se quem pensa que é apenas um papel. Não é. A nacionalidade é uma camada importante, que te protege da tua personalidade e da fragilidade da tua imigração. Quando sou brasileira, tenho características coletivas que me protegem de julgamentos, de avaliações individuais. Visto a brasilidade e posso gargalhar na rua, ter roupas coloridas. É permitido ao brasileiro ser alegre, descomprometido. Há ganhos em despir essa identidade e trajar a alemã, mas há muitas perdas também. A capa alemã é sisuda, magenta só no passaporte. Há que se levar a vida mais a sério. Derretem-se as caras feias nas repartições públicas, mas junto evapora-se a tolerância ao erro gramatical. É preciso, entre documentos e idiomas, amores e saudades, câmbios e endereços, encontrar dentro de mim um meio-termo, uma fronteira imaginária do ser e lá me equilibrar, tal qual em uma corda bamba, com força e perícia para não correr o risco de cair definitivamente para um dos lados.

Recebo a passagem. Arrumo a mala. Ela vai vazia para Berlim, apenas com as poucas roupas de inverno que tem. Mais estranho do que deixar as crianças em Berlim e rumar para o Rio é o sentido inverso. Tento evitar esse pensamento, serão dez dias. O voo transcorre como sempre, desagradável. Chego a Frankfurt e fico feliz por sentir frio. Pego o trem para Berlim, não me importo de arrastar a mala. Tomo um café no vagão-restaurante do ICE. O trem parece novo, leio jornais com o canto de olho na paisagem. Adoro o embalo do trem. Um grupo conversa animadamente ao meu lado. Provam sanduíches. A viagem é longa, mas chego rápido. Reencontro Berlim ao fim do dia. O tempo está horrível, muito frio e chuvoso. Estou sem vontade de pegar o metrô;

caminho devagar até o ponto de táxi. O motorista está mal-humorado, acho graça. Sinto-me leve, estou em casa.

Cheguei uma hora mais cedo para a prova de nacionalização. Janeiro, um dia feio como vários da família inverno. O local da prova era um prédio afastado e cinza. Na entrada não havia nem banco nem cadeira. Criei meu cantinho na escada. Um suspiro depois, a porta reabre e aparece uma moça. Ofereci a escada e o meu sorriso. O degrau ela aceitou e imediatamente tirou o celular da bolsa. Falou com alguém em outra língua, que acredito ser turco. Ficou batendo papo. Guardei meu sorriso e voltei-me para o meu celular, para treinar as questões em um site bem bolado. Na prova seriam 33 perguntas. Para virar alemã, precisava acertar dezesseis. As questões são descomplicadas, a cor da bandeira, quantos habitantes a Alemanha tem, quantos estados e as capitais. Confundia Helmut Kohl com Helmut Schmidt. Esqueci a capital de um estado onde nunca fui; e quando penso em alemão, erro e troco o dativo pelo acusativo. Tenho muitos amigos brasileiros. Bem mais do que minha casa comporta. É medida paliativa estudar para o teste. E estudar em cima da hora, uma característica cultural?

Nasci no Rio de Janeiro. A cidade mais linda do mundo. Se fecharmos os olhos para a violência, o abandono da cidade e do povo, é, sim, a mais linda de todas. Onde encontrar tamanho calor em tão violenta beleza, esculpida em montanhas e nas águas salgadas do Atlântico? Às vezes eu me distraio. Sempre me distraio, é uma qualidade minha. Ou um defeito, depende da ocasião. Muitas vezes fecho meus pensamentos e, de olhos abertos, sinto meus pés quentes da areia da praia, meu corpo gelado das águas do Leblon. Percebo os monomotores que colorem o céu e leio as

propagandas que exibem. Rio. Entra em meus ouvidos a algazarra dos vendedores da praia, água, água, água, limão e mate. Meu pai é morador do Leblon há mais de 20 anos. É um lugar privilegiado. Minha mãe mora no Flamengo. Mas nunca mais andei pelo Aterro. Minha mãe tem medo também. Uma hora está seguro, outra não está. É muito difícil fazer um amigo alemão entender isso. Desisti. Meus teutoamigos também não entendem por que abandonei um paraíso de temperaturas escaldantes. Os trópicos. Eu responderia se soubesse. Quanto mais os dias passam, mais percebo que nada decido. Nada fatalista, nada religioso. E, às vezes, tomamos uma decisão e a vida vai lá e vira a casaca na maior cara de pau.

Estou há nove anos fora do Brasil. Longos e arrastados anos. Na Alemanha, meus dias duram 48 horas. No Rio, duravam doze. A fronteira cultural é esquizofrênica e dolorosa. Aperto o pause quando volto para Berlim. Um ano depois, quando retorno ao Rio, aperto o play. Mas o filme rodou o ano inteiro e eu não vi. Meus amigos, do nada, me aparecem de cabelos grisalhos, com filhos, casas compradas e novos empregos. Minhas sobrinhas crescem, mas por sorte ainda têm medo de alguns filmes de censura livre. No começo era muito difícil, sentia todo dia saudade do Brasil. Da cultura, de comprar livros, ouvir música e ver filmes. Sobrevivia com a mala cheia que trazia de livros, DVDs, CDs, farofa, mate, guaraná natural, sabonetes com cheiro de frutas tropicais e mais outras coisas que me faziam sempre pagar excesso de bagagem. Hoje não há mais espaço para trazer goiabadas e doce de leite. Não sinto mais falta desses alimentos. Do que sinto falta não cabe em nenhuma mala que eu possa levar.

Fico confusa e não sei onde me encaixo nisso tudo. Imigrar é mutação. É se transformar no outro, sendo ainda você. E de repente o outro que você agora vê no espelho é um outro que é você.

Como encaixar uma cena em um filme pronto e que já passou? Estou na beirada, meu ano aparece com sorte nos extras ou nos comentários do diretor. Não faço parte da vida deles. Não vivo a minha vida ao lado deles, os queridos brasileiros, relembrados em imagens tremidas ou em telefonemas corridos ou cortados pela internet ruim. Diga-se de passagem, a internet ruim da Alemanha.

Aterrisso na sala e a prova começa. Um vovô toma conta do grupo de mais ou menos quinze pessoas. Várias feições e nacionalidades, alguns, consegui identificar pela conversa ou pelo selo que todos nós imigrantes carregamos: uma loira árabe, uma senhora de lenço, um indiano, um rapaz tailandês, entre outros homens e mulheres indefiníveis e apreensivos. Uma mesa fica vazia. Tal pessoa não quer mais ser alemã. Pagou e não foi. Deu entrada nos documentos. Ficou doente, quem sabe?

Preciso me concentrar na prova. Digo para todos que não estou nervosa, mas estou. Não quero ser a única a não passar no teste. Sinto-me orgulhosa e patética e resolvo fazer o teste com atenção. Não confundir Schmidt com Kohl. Ler primeiro, responder depois. Correu tudo bem. Não fui a primeira a terminar, mas também não fui a última. Vou receber a resposta em dois meses, diz o vovô. Mas tenho certeza de que passei. Saio do prédio cinza e murcho e tento pegar um táxi. Está muito frio, não quero ficar doente. Desculpa, sou preguiçosa e mimada e quero andar de táxi. Acho graça de mim mesma. Passo a gostar mais de mim. E com

um sorriso torto, vou confortavelmente até a casa de uma amiga. Passo pelo meu antigo prédio em Berlim. Choro de canto de olho. Agora moro no Rio. Vim só fazer a prova. Sinto-me sem chão, sem identidade. Sou berlinense agora. Deixei de ser carioca. Sou brasileira e berlinense. Preciso voltar a me equilibrar nessa corda bamba, e sei que consigo. Aos poucos, a imagem passa a ter foco. Sou brasileira e minha casa é Berlim. Eu apenas preciso melhorar minhas qualidades de malabarista.

A minha infelicidade lota o trem que vai para Frankfurt. Passo dois dias em uma empresa cujo prédio tem formato de roda de rato de laboratório. Fico dando voltas e mais voltas, fico tonta. Não há como eu trabalhar ali. Sinto por todos ali. Mas por que raios precisam de um prédio "roda de rato"? Quem inventou isso?

No último dia saio pelos corredores aos tropeços. Ao atravessar o portão, corro num impulso infantil. Uma felicidade ridícula. Rio de mim mesma e da minha irresponsabilidade. Eu tenho um humor vagabundo. Estou sempre achando graça, muita graça de viver na corda bamba. Acho a vida engraçada e fujo constantemente das rodas de rato.

O voo demora muito. Odeio voar. Sinto minha alma flutuando com o avião. A alma pousa no Rio de Janeiro e o calor do verão me embala. Estou perto do apartamento do meu pai, mas longe da minha zona de conforto. Muito longe. Preciso voltar para Berlim. A única certeza que tenho é que agora sou um pouco alemã e um pouco menos brasileira.

Decisão

Peço demissão. Não queria ser ofendida, não queria chatear ninguém. Não teve jeito. Vivo a semana do não. São tantos nãos na minha vida que, mesmo com fome, me oferecem biscoitos na entrada do colégio e, sem querer, respondo com um "não". Há um silêncio à minha volta, uma repreensão muda. Todos estão aflitos, há um julgamento. Deixar a família e a pátria pela segunda vez é algo inadmissível. Ou severamente criticado. Foi uma vez e voltou. Por que precisa ir de novo? É um baque. Por mais que tenha anunciado essa decisão através da minha infelicidade, havia uma esperança de amigos e família que, por um milagre, tudo fosse dar certo. Não deu. O salário não cobria as contas. A "matemática", como dizem os economistas da família, não fecha. Irmãs se juntam para pagar colégios. A pressão financeira, somada à pressão emocional, é insustentável. Estou completamente descontrolada. Tenho medo de não conseguir completar uma frase. Pedir pão na padaria ficou difícil. É como se eu economizasse nas minhas habilidades básicas: a fala, a audição, a visão.

Alea iacta est. A sorte está lançada. Fazem-me muitas perguntas. Como vocês vão viver em Berlim sem emprego, com o apartamento sublocado. Como farão? Também tenho dúvidas e presenteio a todos com as minhas incertezas. Ficaremos mais três meses. A despedida será lenta e dolorosa. Sabe quando se bate o cotovelo na porta? É desagradável por alguns instantes. Não é que doa horrores, mas provoca um desconforto descomunal. Vou me sentir com um cotovelo batido na parede por longos três meses. Encerro planos de saúde, pago um advogado para cancelar o contrato

de aluguel. Me desfaço dos móveis e das plantas, tudo tão caro. O mais caro do pequeno apartamento, além do aluguel, eram as plantas. Continuo sem saber nada sobre elas, mas eram lindas e grandes. Ocupavam metade da sala. Aquelas árvores de estimação eram meu pulmão verde no meio do sufoco que é o bairro de Botafogo. Através daquelas plantas eu respirava e sorria. Elas foram para a casa da filha dos vizinhos de porta. Ficaram muito agradecidos, nos ofereceram café e palavras acolhedoras. Não sei o nome deles, nem me lembro do endereço, ficou apenas o que foi dito naquele momento tão difícil. Essas lembranças eu levei comigo e não dividi com ninguém. Mudar é uma coisa física. Você muda de apartamento, de casa. Leva as suas coisas, seus pertences, os bichos. Mudar para outro país é muito mais emocional do que físico. Você leva as suas lembranças, o amor dos amigos, leva cheiros, imagens, memória. Pode levar a quantidade de amor que você quiser. O amor tem outra medida de pesagem e não precisa de mala.

A bagagem, em longos e distantes trajetos, é emocional e cabe dentro de você. Arrumar malas com roupas, livros e objetos é uma fuga. Já senti isso inúmeras vezes e vou continuar a sentir. Dessa vez entendo e começo a doar roupas, objetos. Nas malas vão livros e roupas das crianças. Pouca coisa. Ao iniciar a arrumação eram oito malas. No fim, ficaram quatro. Há um alívio. Estou tão carregada por dentro que não terei a menor condição de carregar peso por fora. Esqueço que brasileiro tem problemas com roupas usadas e ofereço aos amigos conterrâneos. Apenas o mais descolado aceita. Os demais me olham com um olhar torto. Lamento ter ofendido aos que queria agradar. Quando meus filhos nasceram, ganhei muitas roupinhas usadas e agradeci, selecionei o que

queria e usei até não poder mais. É esquisito pensar no valor das coisas e no que isso representa para cada cultura e até para cada pessoa. Os alemães, os que conheço, dão muito valor às roupinhas que passam adiante; muitas vezes pedem para devolver depois. Os brasileiros, de minha esfera pessoal, querem um enxoval todo novo. E depois jogam fora ou doam, como se quisessem se livrar daquilo. Estou no meio-termo. Não tenho muitas coisas, mas tenho apreço por elas. Dou tanto valor que quero dividir com outros. Às vezes dou um livro para um amigo e dou tchau, me despedindo daquele objeto. Fico feliz se ele é aproveitado. Mas se sei que o meu amigo inanimado ficou de lado, me dá raiva. Dá vontade de pedir de volta. Não peço, claro, mas guardo por meses, às vezes por anos, uma pontinha de raiva, que some com o tempo. Quando se ama os amigos, não há espaço para o rancor. A sorte ainda não me deixou, então mantenho distância e respeito aquilo que acho o pior sentimento da humanidade.

As malas estão prontas. Fico "de férias". Levo e busco crianças no colégio, meu marido perambula pela cidade. Quase não nos falamos mais. Brigamos brigas inúteis, fruto da situação precária. Me pergunto como será em Berlim, se onseguiremos nos reencontrar. Almoço, janto e tomo café com meu pai. Escuto tudo que ele tem para me dizer com calma e atenção. Até quando ele perde a paciência por eu não entender o que ele diz usando metáforas mirabolantes. Quero aproveitar ao máximo qualquer diálogo, todas as palavras. Não me lembro de mais nada que fiz nesses dois longos meses de despedida. Lembro-me de que fui ao cinema, saí com minha amiga Bianca e comprei muitos livros. Inúmeros e incontáveis. Com as malas fechadas, restou-me mandá-los pelo correio. Foram 45 quilos de livros.

Pareciam quilates, pois foi uma fortuna. Mas a perspectiva de, sem mais nenhuma esperança, receber uma caixa lotada de livros seis meses depois me encheu de alegria e coragem para gastar a grana toda.

Uma semana antes da viagem comecei a padecer. Parecia que me preparava para um matadouro. Tive pena de mim, mas também era irritante. "Por favor, acaba logo!" Uma tortura que teve fim em uma quinta-feira. O Zé da van das produções de TV foi nos buscar. Minhas sobrinhas foram se despedir. A cena que fica é do meu pai abraçado às meninas, como que amparado, nos acenando o tchau mais triste da história do Leblon. Um tchau que pelo menos achava que seria o mais triste da minha vida.

Lembranças de Salvador

Reencontramos Berlim na primavera. Coincidentemente no mesmo dia em que chegara na Alemanha, há nove anos. Dia 10 de abril. O tempo estava bom. Não, não estava. O ditado alemão diz que "abril, abril ele faz o que quer" e faz mesmo. Em nove anos de Alemanha já nevou nesse mês, fez 40 graus ou simplesmente ficou como agora, com 15 graus. Nem frio nem quente, insosso. Não ajuda a melhorar o astral dos novos velhos berlinenses. Nas malas, o cansaço, o desânimo, um sonho amassado e encardido. Uma etapa acabou. Nunca mais contaremos os meses para voltar ao Rio. Nunca mais voltarei exultante, pensando nas iguarias que trago na mala, louca para espalhá-las em solo berlinense. O Brasil bateu a porta na minha cara e eu não sei mais onde guardei as chaves, ou fui eu que bati a porta na cara dele? O sonho de criar meus filhos lá, os meus delírios de uma vida talvez alternativa no Rio, perto de amigos queridos, perto da família, passaram, a febre de casa cedeu. Estou de luto. Meu pai passa bem, obrigada. Estou de luto da minha identidade. Ela morreu e não sei se irá ressuscitar. Não estou chateada com o Brasil, com raiva. Estou triste, magoada. É uma chateação sem-fim. Vou discutir a relação com quem? Com o passaporte? A culpa não é da Copa do Mundo, não é da doença, nem do trabalho ruim. A vida é inanimada. Por ser abstrata, cada um a vê como quer. Uma amiga do colégio uma vez apresentou-me um "teste" da mãe que era psicóloga. Precisávamos imaginar uma floresta. No fim, ela dizia que a floresta que imaginamos era como víamos a vida. Até hoje vejo a minha vida como uma floresta. Com árvores grandes, muitas árvores. Não, não é a Amazônia.

No meio há um caminho. A minha vida é tipo a estrada que vai de Berlim a Buckow, uma cidadezinha mixuruca que vive da fama de Bertolt Brecht, seu mais ilustre morador. O trajeto é todo verde. No verão é uma delícia, pois fica fresquinho. A água me dá muito prazer, é a medicina mais eficaz. Buckow, esse vilarejo safado, tem uma lagoa fenomenal. A água é transparente. Há pelo menos cinco anos vou lá em todos os verões por dois dias, não há dinheiro para mais. Mas usufruo da lagoa como ninguém antes nunca fez. Brecht deve ficar com inveja de mim. Eu nado e nado e nado. Vou bem longe e fico observando as pessoas pequenininhas lá na areia. A água gelada me embala e sempre receio dormir. Tento entender a música da água. É como se ela quisesse me contar histórias. Ou talvez falar da minha. Volto para Berlim com sonhos diferentes, nunca antes sonhados, sonhos fabricados nas águas da lagoa. Me agarro na esperança de que iremos a Buckow no verão. Há nove anos vim para a Alemanha sozinha e com muitas perspectivas. Agora retorno acompanhada. As perspectivas extraviaram. Temos trabalhinhos, o apartamento sublocado foi devolvido. Tudo vai funcionar. As crianças ficam felizes por reaver seus brinquedos. Neste primeiro mês eu brinco muito. De trem, de Lego. Brinco no parquinho. A infância deles é o futuro a me guiar. Passo noites olhando para o teto. O apartamento tem uma bela e detalhada sanca *art noveau*. Acredito que o mesmo artista deve ter feito muita escultura para cemitério. Segundo a administradora, a sanca está ali desde 1854, ano de construção do prédio. Eu tenho certeza. As flores estão deformadas de tantas demãos de tinta. Foram duas guerras, restaurações mambembes. Mas ainda se veem as flores, parecem rosas abertas. Fico dias observando o teto.

Ainda não estou louca. Já que não encontro a paz dentro de mim, procuro um atalho por fora. Apego-me na sobrevida daquela flor de gesso e nos programas ruins de TV. Assisto a qualquer bobagem. Assisto toda quinta-feira a um programa no qual a apresentadora visita casas caindo aos pedaços e, ao fim, entrega um palácio ao morador. Adoro. Aquela gente frustrada, infeliz, e sua última chance de ter uma vida digna sendo filmada por uma superprodução com duas câmeras, um drone. Em um dos episódios, eles usaram um helicóptero. Fico calculando o valor da produção. Acho bacana, mas logo depois desanimo, pensando no estresse que deve ser organizar toda essa equipe, fazer a escala de filmagem, fora os quilos de autorizações e burocracia para derrubar uma casa caindo aos pedaços, fechar ruas, atrapalhar os vizinhos por meses. O produtor desse programa, ou a produtora, não dorme, deve fumar como um gambá e esqueceu há tempos o que significa a palavra namorar. Depois que comecei a assistir ao programa da perspectiva técnica, desisti. A ideia era me perder no vácuo da televisão, lotar meu cérebro com essa bobajada e não ficar estudando tecnicamente cada detalhe da produção. Sigo meses assim, trabalhando, indo a exposições e vendo programas cafonas de TV.

Olhei no relógio dez vezes em menos de um minuto. Em Berlim, o tempo custa a passar. O céu está cinza, hoje é um dia frio de primavera. Se não fossem as folhas verdes das árvores, diria que estamos no outono. Quero ir logo para casa, onde o silêncio é só meu. Fui paga por quatro horas, e por quatro longas horas preciso ficar sem fazer nada. Vez ou outra dou uma olhadinha para ver se tenho algo novo, um e-mail... nada. É muito ruim ter um emprego em que você

precisa enrolar. Não é dinheiro sujo, pois todos sabem que você não está fazendo nada. É dinheiro patético. Mas um dinheiro que paga contas, algo que precisamos, e sempre melhor que o desemprego.

Sinto o clima à minha volta. Tenho vontade de rir, contar piada, mas estou na Alemanha e cercada de europeus. Não vai dar certo. Falei uma besteirinha ontem e ouvi uma lição de moral desagradável do Herr Certinho à minha direita. Ele é gentil, está bem vestido, mas algo nele me faz achar cem vezes mais interessante a planta que nos separa.

Bebo água, estico a coluna para fingir que estou pensando em algo que dê sentido ao porquê de estar aqui.

Vou ao banheiro. Observo que as paredes são azuis e o sabão cor- de-rosa. Verifico se a embalagem é de sabão vagabundo. Tenho medo de sabonete de banheiro público. Uma vez tive uma alergia terrível. Não é dos piores. Eu jamais compraria um sabão rosa-choque, aquele corante anos 80 agride a minha vista estrábica.

Volto para a mesa e finjo escrever algo, penso no Brasil. É bem melhor escrever roteiros de televisão, ver todos os dias um céu azul. Aí me lembro que estaria acordando hoje em Salvador.

Não me lembro mais se cheguei pela primeira vez a Salvador com as estrelas ou de dia. Todo aquele mar me seduziu e fiquei quente, nem sei se de paixão ou de calor. Queria ver tudo, comer acarajé e sentir o sol queimar minha pele desbotada de imigração. Gritava para quem quisesse ouvir que eu iria morar ali, que era o lugar mais lindo do mundo, traindo descaradamente minha cidade mãe.

Filmamos o Elevador Lacerda ao amanhecer. Não estava nem aí para o meu trabalho. Comprei um chapéu. Fui ador-

nada pelos soteropolitanos com fitas e colares e promessas de beleza eterna.

Voltei ao trabalho com o canto do olho no mar. Nada mudou. Sou uma estrangeira qualquer em Salvador. Todos ao meu entorno são negros. Para a equipe, eu não sou branca; para os negros, eu sou branca. Na Alemanha, minha pele é escura. Quando eu compro base, compro cor de areia. Mas tem tantos tons de areia que fica difícil definir qual a cor da minha pele. Minha cor, escrevo em formulários, é latino-americana. Tenho a cor de italianos, portugueses, índios, negros, uma cor curtida no sol do Rio de Janeiro. Acresci à minha pele uma nova tinta, o desbotado que ganhei em solo alemão.

Compro uma água para resfriar meus pensamentos e me concentrar no caminho até a praia. O que fica são cheiros e cores. Eu não sei o nome da praia. Era pequena e bonita e só havia negros. Uma praia negra. Um rapaz me cutucava e perguntava o que estávamos filmando. Cutucava mais do que perguntava e foi ficando agressivo. As cutucadas doíam. Eu queria ir embora dali. Aqueles homens na praia cutucavam todo o meu corpo, fazendo doer minha consciência. Vamos embora, não quero ver esse Brasil, vamos filmar no Farol. E na fuga, a prisão. Um homem, pobre e drogado, levou meu colar e a minha cegueira. Levou a ilusão de amor fincado nos meus pingentes. Cada pingente tinha uma história, meu tio que já morreu, minha formatura, meus amigos portugueses, um amor passado. Ele arrancou tudo isso de mim marcando meu pescoço, como se fosse para eu não esquecer fácil dele. Vejo seus olhos perdidos de alguém que usou muita droga, sua vida curta, seu desprezo pela minha pele que ele vê branca. Solucei a

experiência dentro e fora de mim. Uma convulsão de dor. Não senti raiva. Senti uma dor muito minha. No momento após o ataque, um homem de moto perseguiu o ladrão. Fiquei ainda no lugar do assalto, confusa, sem saber se fingia que nada aconteceu, na frente dos gringos da equipe. Tentei dar coordenadas, ligar para o motorista, mas percebi que a bateria do meu celular acabara. Estava em pânico, descontrolada, mas respirei fundo e fiz cara de que estava tudo bem. Tinha um roteiro impresso na bolsa, santo papel. Peço o telefone emprestado para o repórter. O homem da moto volta, ele diz que é um policial à paisana e que pegou um dos garotos. Era um bando. No caminho para o carro da produção, a polícia me para e traz um menino negro, com as mãos amarradas. Queria que eu o reconhecesse como o ladrão. Mulheres locais revoltadas me ofendiam alto sem mesmo eu emitir um som. "Moço, eu não me lembro." Olhei com firmeza para ele e o que eu vi foi um jovem infeliz, acuado como um animal. Eram todos pobres e negros. O policial também se mostrava agressivo, estava irritado com a minha fraqueza, queria que eu condenasse o rapaz a morrer de porrada em um camburão. Eu neguei. "Não é ele, não." Afirmei que não fora o menino e apressei o passo para entrar na van. Não quis jantar, fui para o meu quarto, no hotel, e liguei para as minhas irmãs. Já que havia perdido meu único elo com os mortos, desejei sentir meu vínculo com os vivos.

Abro os olhos, estou em Berlim. Olho à minha volta e aquelas pessoas não têm ideia de que esse mundo vivido em Salvador possa existir. Uma moça francesa me oferece um doce esquisito do Japão. Eu provo. É batata-doce. Olho no relógio, 14 horas, que ótimo, posso ir para casa.

Dou tchau, pego minha mochila e deixo para trás o banheiro azul, o sabonete rosa e o triste rapaz de Salvador.

Muleta

Há momentos em que a distância é insuportável. Caminhar do quarto até o banheiro depois de uma cirurgia é quase uma maratona. Voltar cansada de um passeio, do trabalho. Há quem diga que a volta é mais curta do que a ida. Não quando se está cansado. Nos primeiros momentos depois do nascimento de um filho, o afastamento é quase indigesto. Estar a dez mil quilômetros de distância da família, 475200 minutos por ano, ninguém vai dizer que é bom, mas vira hábito. Se repete um comportamento até virar uma constante. Ou seria o costume, o comodismo? Tive uma psicóloga que explicava que o ser humano, para se proteger da dor, desenvolve certa frieza, um tipo de transtorno. Desde então sempre digo que todos nós precisamos de alguma psicopatia para sobreviver. Suportar quase meio milhão de minutos longe de um pai doente é algo indigesto. É estar entre a felicidade da voz amada e o medo de más notícias.

Entre uma ligação e outra, eu tentava levar uma vida. Mas, pensando do futuro no passado, não sei ao certo se vivi. As ligações, os vídeos, me derrubavam. Eu estava tremendamente deprimida. Não dava nem mesmo para cuidar de mim.

Quando se muda de país, fica a lembrança nostálgica do que foi, os acontecimentos dramáticos, os problemas enfrentados, as experiências negativas, tudo fica para trás. Se relembrados, aparecem sempre com eufemismo e uma pitada de humor, pois ninguém quer escutar história ruim. A memória é mentirosa e traiçoeira e colore em cores muito lindas o que antes era cinza. Pelo menos a minha, que é muito generosa comigo mesma.

E em domingos de inverno, me pergunto: e se tivesse ficado lá?

Amigos mandam fotos da praia, reclamam do calor, mandam convites de festas criminosas de aniversários em locais sempre incríveis como uma casa de festa numa praia particular. Todos aparecem bronzeados e mais jovens, seminus, com tecidos coloridos, floridos, tudo infinitamente mais alegre do que qualquer roupa que você possa vestir na Alemanha. Postam em mídias sociais fotos de acarajé, de bobó de camarão e de pratos regionais que você provavelmente jamais teria provado. As fotos são profissionais, cheias de luz e de efeitos. Até disso você sente falta, do que não conhece, do que nunca experimentou, pratos que são seus de direito, pois são de sua terra natal. Ultimamente, andei enamorada da tapioca. Minha mãe sempre oferecia, mas eu achava aquilo pálido. Comi pela primeira vez, em Berlim, aos 37 anos. Adorei. Não sei se porque realmente estava boa, ou se em sua massa senti o gostinho do Brasil. Saudade tem cor, tem cheiro, tem gosto. Não entendo o destaque em relação à palavra saudade, pois é de extrema facilidade a sua definição. É um tudo que te dói no peito, a ausência de uma ideia, de algo ou de alguém. Saudade é um peito apertado, uma respiração debilitada. Um cansaço de algo ou de alguém que você deixou de viver.

As notícias que chegam são de um Brasil que não vai bem. E se estivesse maravilhoso? E se a corrupção tivesse sido reduzida de maneira drástica e o país vivesse um novo milagre econômico, e estivesse chegando finalmente o tão esperado país do futuro? As praias despoluídas, as baleias e golfinhos regressando ao seu velho lar, a baía de Guanabara. A Mata Atlântica revigorada, indígenas sem contato com o "homem

civilizado". Pessoas do Brasil ancestral procriando e gerando um país paralelo. Projetos sociais recolhendo crianças da rua, analfabetismo zero. Controle rigoroso de armas, violência reduzida a furtos de carteira. Como faríamos com nossos trabalhos, homens e mulheres? O que faríamos de nossa vida alemã? Como nos desconstruiríamos para nos implantarmos novamente no Brasil? A situação difícil do país justifica o afastamento. O emigrante não torce contra o Brasil. Ao contrário, veste a camisa e grita com orgulho, se necessário, a brasilidade. Mas, depois de muitos anos fora, precisa se amparar. Precisa de muletas. A rotina é boa amiga. A correria do dia a dia faz com que os dias passem rápido. Você olha no relógio e são dez da noite de um dia de semana qualquer. Amanhã eu ligo, amanhã eu sinto saudades. A vida se torna uma ampulheta. Eu risco todos os dias, antes do café da manhã, o dia anterior do calendário. Risco bem riscado, de caneta de ponta grossa e preta. Há uns três anos comecei com essa mania. Não estou ansiosa por nenhum acontecimento. Não risco os dias para chegar a algum lugar, uma grande data. Tomei gosto em ver a vida passar. Fico feliz quando um mês acaba. Virou uma obsessão. Já me dei conta disso há um bom tempo, mas não sei se é ruim. Se é proibido ficar feliz porque o dia acabou. Depois desse quase ano que fiquei no Brasil, e da volta, celebro intensamente o fim dos dias. Tornou-se uma obrigação usufruir da cidade e das 24 horas que em algum momento vão acabar. Visito exposições, ando sem parar. Saio do trabalho, na *Potsdamer Platz,* e vou andando até o Portão de Brandemburgo. Atravesso-o contemplando o Parlamento. Ando pela *Unter den Linden* e observo turistas tirando fotos. Eu também fotografo. Agora, com os celulares avançados, virou mania primeiro registrar

para depois viver. Eu oscilo, por vezes eu vou em silêncio, observo os prédios, as pessoas, furto conversas aqui e ali, ou então ligo o piloto automático e faço o trajeto sem notar absolutamente nada. É um alívio e um prazer ser eternamente turista onde se vive. Minha muleta preferida.

Não pertencimento

O ônibus de meio-dia e quarenta e dois minutos vem relativamente cheio. Estudantes animados entram a dois pontos do meu. Adolescentes são barulhentos e divertidos em todo o mundo. Ainda bem. Eu me sento no corredor. Os lugares das janelas estão lotados. Odeio me sentar em janela em avião, mas no ônibus é outra história. A cidade desliza por você. Em dias escuros de inverno, a pouca luminosidade precisa ser usufruída ao máximo. Toca o telefone e tento ouvir o que minha irmã fala enquanto adolescentes gargalham. Conversamos por dez minutos e um homem estranho me cutuca e fala: "Você pode parar de falar alto essa língua?".

Retribuí com um sorriso boboca tipo não entendi, e não entendi mesmo. O ônibus estava lotado de vozes, de risos e de conversas. Eu não era a única. Meu coração disparou, senti aquele mal-estar de levar bronca de professor em colégio. Eu falava uma língua estranha. Não era a primeira vez que isso acontecia. Mas já se passaram tantos anos que eu já havia perdido o pudor e o medo de falar português em alto e bom som. Ao descer do ônibus fiz um sinal feio para o sujeito. Infantil, mas não consegui ter reação melhor. Eu tremi. Vira e mexe tem alguém para me tirar da sensação de pertencer a esse lugar. A rotina e os acontecimentos são como tijolos a construir a estabilidade emocional. Esse homem bem vestido, 50 anos, com cara de professor universitário. Poderia ser um jornalista. É um ser humano incomodado com o som de outra cultura. Nos primeiros anos, em supermercados baratos, eu vivenciei caras feias para a língua de Camões, de Machado, de Carolina de Jesus. Com o tempo,

passei a ignorar. O inconformismo e o metrô me levaram até a *Potsdamer Platz*, meu destino final. Sinto-me humilhada, magoada e repito para mim mesma argumentos completamente desnecessários contra o preconceito.

Um pouco mais tranquila, foco minha energia em outros pensamentos e deixo para trás o homem, a situação e o calar. Duas semanas depois vou tomar um sorvete com um dos meninos. Meu sorvete de caramelo está amargo. Delicadamente explico para a atendente que o sorvete não está bom. Ela me olha com uma ironia grosseira e faz com os ombros que não me entende. Coagida, volto para o banco e sento-me ao lado do meu filho. Tento lamber o sorvete, mas está insuportavelmente amargo. Volto e falo que ela deveria provar o sorvete. Ela me olha repulsiva. Eu digo que não está certo esse tratamento e digo que vou ligar para o chefe dela. Os ombros são seu grande instrumento de comunicação e ela os usa para deixar claro que pouco se importa. Saio trêmula, e um homem com um bebê no colo grita: "Vai embora, o sorvete daqui é ótimo!". "Por que você precisa me dizer isso? Por que se meter? Você não viu o que aconteceu", respondo, saindo apressada.

Uma senhora me para na porta e me diz que viu tudo e lamenta. A atendente foi muito grosseira. Diz que eu devo fazer uma queixa contra ela. Motivada, procuro na internet o número do escritório da sorveteria. Ligo. Atende a criatura mais antipática da face da terra. Explico o que aconteceu.

– Você é estrangeira? Não entendo nada do que você fala.

– Estou no meio da rua, há muito barulho – respondo incrédula, sem querer acreditar no que ele me falava.

– Você não vai entender, mas vou tentar te explicar. O sorvete é artesanal e o caramelo deve ter queimado.

– Sim, mas aí você serve sorvete sabor caramelo queimado para seus clientes?

– Você não deve estar entendendo e eu não vou perder meu tempo.

Desligou o telefone na minha cara. Racismo. Palavra pesada, envergonha, humilha. Entristece. Certa vez perguntei para um amigo, negro e famoso, de visita para um show, como é ser negro no Brasil, se as pessoas o atacavam. Ele riu da minha inocência e disse que mesmo com a fama continua a ser revistado pela polícia e que poucos táxis param para ele. Contei minhas histórias e ele respondeu: "Agora você é negra na Alemanha". Me deu vergonha de ter demorado tanto para fazer a pergunta a ele. Assim como ele só queria voltar para a casa de táxi, eu só queria tomar um sorvete. A diferença ainda mais cruel é que ele está no país dele. Não justifico o racismo em outro país, apenas entendo tardiamente o horror que meu amigo passa até hoje.

Saí de lá com gosto amargo na boca. Meu filho viu tudo, presenciou tudo.

– Filho, a mamãe nunca mais vai voltar lá. A gente nunca mais vai voltar lá.

– Eu posso voltar?

– Você viu como eles trataram a mamãe?

– Com o papai pode?

Fiquei na fronteira entre o rir e o chorar, a inocência e a maldade, a leveza e o rancor.

Talvez um dia eu esqueça, como tantas vezes já esqueci. O moço do ônibus, a garota-ombros, o caramelo amargo. Ficam todos em uma gaveta da lembrança até serem jogados fora para poder abrir espaço para as coisas boas que ainda virão.

Contágio

Há um ano não vou ao Brasil. Parece muito mais. O recomeço em Berlim completou um ano e eu uma década de Alemanha. Estou há dez anos fora do Brasil. Agora posso dizer. E quando falo alto, parece um centenário. Depois da operação do meu pai, um mês depois, começou a quimioterapia. Desde que ele descobriu o câncer, sinto que o comportamento mudou ao meu redor.

"Oi, desculpe-me, mas nem o câncer nem a tristeza são doenças contagiosas." Engano meu. Tristeza é uma doença altamente contagiosa e as pessoas fogem dela. A minha tristeza afugentou a todos. Mas então não me perguntem como está o meu pai, pois eu vou murchar. Ele está bem. Tenho momentos bons e tenho momentos ruins. Quem me ajudou foi um panfleto que li enquanto aguardava meu pai fazer uma sessão de quimioterapia, em uma visita ao Rio. "Não fique doente junto com o paciente." O grande desafio de quem acompanha um doente é adoecer também. Ver um amor cheio de tubos tomando medicamentos fortes e sofrido. Isso esfarela um ser humano. Aí, no fim, você junta as migalhas e sai dali como se nada tivesse acontecido. E não aconteceu com você mesmo, aconteceu com o mundo ao seu redor. Antes da sessão de quimio, pacientes e acompanhantes ficam em uma sala de espera cheia, tipo dentista. Você entra. Vê senhores com livros, com as respectivas mulheres ao lado. Vê gente famosa. Vê muita gente sozinha e sem cabelo. Vê uma mãe de mãos dadas com o filho de 6 anos. Você assiste ao drama de várias famílias e finge que tudo aquilo é normal. Os enfermeiros são seres evoluídos. Doces, gentis, bem-humorados. Se ETs invadissem a Terra e quisessem estudar

o ser humano, eu diria: "Por favor, peguem os enfermeiros". Fico estática em um canto para manter as emoções dentro do meu espaço. Se fosse mais forte, ia abraçar cada um daqueles homens e mulheres e agradecer. Obrigada por serem melhores do que eu. Muito obrigada por cuidarem do meu pai com tanto carinho, por darem um pirulito para a criança que já deve entender que a mãe está doente. Obrigada pela água. Estou no meu momento farelo e rolo até a saída com a desculpa de que vou ao supermercado comprar um lanche. Desço sufocada o elevador e, num andar inferior ao que estava, alago os corredores do supermercado. Mas continuo fazendo cara de paisagem, limpando o rosto e escolhendo biscoitos. No caixa voltei ao meu eixo. Subi para pegar meu pai. Minha irmã fazia isso sozinha desde que voltei para Berlim. E sempre dizia que somos mais fortes do que pensamos. Ela tem razão. Mas muitas vezes acho que somos muito mais frágeis do que achamos que somos. Às vezes só queremos um abraço. Talvez uma frase. "Vai ficar tudo bem."

Não quero uma promessa falsa. Queria uma verdade trabalhada na gentileza. Não importa o que acontecer, vai ficar tudo bem. E não perguntem mais como está meu pai. Quem não está bem sou eu. Em dois anos fui e voltei do Brasil, aluguei e desaluguei apartamentos, vivi a doença, tive muitas saudades, senti-me ausente, ausentada, covarde. Estou em uma montanha-russa em que há um trem fantasma. Quero sair desse parque e não voltar nunca mais.

Ainda é verão em Berlim. Apesar de viver essa tempestade, faz sol fora de mim. Estou com fome e não conheço ninguém que seja gentil com fome. Eu não sou. Saio do trabalho irritada, procurando uma *Wurst*, que para mim, em português, é linguiça. Quero uma *Bratwurst* com pão. Não tenho

tempo nem dinheiro para me sentar em algum lugar. Ando toda a *Potsdamer Platz* apressada, à procura de uma maldita de uma salsicha, quer dizer, linguiça no pão. Não acho. Afobo o passo e sigo sentido Portão de Brandemburgo. Antigamente tinha uma barraquinha lá. Não tem mais. Como pode, no ponto mais turístico, mais badalado, não ter uma *Wurst*? Faminta eu me torno má e ando bem no meio da *Pariser Platz*, atrapalhando as fotografias dos turistas que querem uma foto criatividade zero com o marco de Berlim. Vai ver eu estarei lá, eternizada na foto de algum japonês. Percebo quiosques em frente ao *Adlon* e corro na direção. O primeiro só tem *Currywurst*. Quem inventou que *curry* combina com linguiça?

Natal no Rio

Vamos passar o Natal no Rio. A saudade é grande. Saio do avião acelerada. Saudades do cheiro da casa do meu pai, dos barulhos, do café que ele faz. Muita saudade dele. A gente chega e o porteiro avisa e repete-se a cena mais linda para mim. O elevador chega e ele está na porta, esperando por nós. Os meninos correm para abraçá-lo. Eu choro de amor. A gente conversa, toma café e ele vai dormir. Quando a gente chega, ele não quer falar em doença, come bem, dorme bem, está feliz. Eu também. Dormir sabendo que meu pai está no quarto ao lado é a melhor sensação que já tive na vida. Deitar-me ao lado dele na cama, ver jornal junto. O cheiro do banheiro, tudo me faz bem ali. Ele insiste para ir à praia. Ele vai com os meninos e Matthias. Discutimos Dante, falo da minha tese, comemos churrasco, faço o espaguete que ele gosta. Tomamos picolé, comemos biscoito Globo, bebemos litros de Matte. Passo as manhãs até o almoço com ele e de tarde vou à casa da minha irmã ver as meninas. Eu não me lembro direito daquele Natal, mas me lembro do Ano-Novo. Fomos todos, irmãs, maridos, crianças e pai para o Réveillon do Sheraton da Avenida Niemeyer. Foi o Ano-Novo mais lindo da minha vida. Nos divertimos, ele se divertiu. Achou que seria o último, não foi.

No Natal do ano seguinte, viajamos de novo ao Rio. Ele de novo nos esperava no corredor, mais magro, abatido. Eu vi e não vi. Eu não aceitei que ele estava partindo. Todos os dias ele foi almoçar na rua com a gente. Se esforçava para comer. Ele sabia que estava partindo e eu também. Mas era como se eu não conseguisse me despedir. Eu não queria, eu ainda não quero. O Rio continuava lindo. Ele acreditava na

cidade, andava amparado pelos anjos da guarda que apareciam nos momentos de sua queda. Ia ao clube e à praia com o Matthias. Tinha medo de ele cair, de machucar, mas, assim como os passarinhos que soltava, ele preferia morrer em liberdade. Eu não entendi, agora entendo. Há muitas coisas que só entendi agora. E não há a quem pedir perdão.

Quando me despedi dele, na garagem, antes de ir para o aeroporto, me disse: "Até a eternidade". Entre rir e chorar, eu o abracei.

Foi a última vez.

Adeus ao Rio

Depois daquele dezembro meu pai piorou e eu fiquei doente. E não sei como sobrevivi. Ele piorava cada vez mais e eu junto. Minha irmã comprou uma passagem para eu viajar para o Rio, mas não consegui. Não consegui ir. Três dias depois eu embarquei. Berlim–Amsterdã–Rio. Ao chegar em Amsterdã, o sol raiava. Fiz uma foto. Quase não suportei aquele voo. Eu sabia. Cheguei ao Rio às 19 horas. Minhas duas irmãs me esperavam no aeroporto e eu já sabia. Meu pai tinha partido às nove da manhã. Foi tudo difícil. Ver as pessoas funcionando e eu lá sem existir. Não tomar o caminho para o Leblon, ir para Ipanema, à casa da minha irmã. Não o encontrar me esperando. Não ir para o meu canto na minha cidade.

Há um segredo compartilhado por quem perde pai e mãe e eu não serei a pessoa a revelar. Mas todos que perderam sabem ... você enxerga uma dor profunda no olhar de cada um, no dia em que isso acontece com você. Mas eu não conto, pois não posso. Faz parte da ordem das coisas. Aquele calor, a dor, a luz de fevereiro. O Carnaval já chegando. A minha dor. Visita banco, resolve papelada. A dor presente. A luz apagou, a cortina desceu. O Leblon partiu. Estou de luto pelo meu pai e por minha cidade. Um não existia sem o outro. Os passeios pela infância, o Museu do Catete, as idas à praia, o galeto. As expedições ao centro com ele, de mãos dadas pelos museus. A vida dele rodando como um filme e se misturando com a história da cidade. O começo de vida na Glória, a pobreza, o esforço, a inteligência do menino que, com pais analfabetos, ia à Biblioteca Nacional ler Dostoiévski, o futebol no Aterro. O frio que passou em

São Paulo, o amor da mãe, as filhas, os netos, as viagens, as aventuras. Como tirar o personagem principal do meio da minha peça? Como gostar do espetáculo sem o protagonista? O mundo ainda tem suas cores, mas eu só consigo enxergar tudo em preto e branco.

A vida sem ele

Há dois anos eu guardo livros dentro de mim. Os que eu escrevo, os que eu leio, os que vivo. Meu pai e eu líamos muito juntos. Um depois do outro, ao mesmo tempo. O importante era ler para poder discutir a leitura. Era tanto entusiasmo que minhas irmãs acordavam assustadas. Achavam que estávamos brigando.

Parceiro de leitura tão fiel talvez não encontre mais.

Tento reinventar o hábito da leitura compartilhada com os que seguem, mas o que se planta no presente nem sempre se colhe no futuro. Está tudo bem.

Não distribuo expectativas. Às vezes, o que se viveu não precisa continuar. A árvore, dando frutos ou não, continua tendo seu valor de existência.

Todos os dias eu penso nele. O café que ele gostava, as piadas. Dialogo com ele diariamente. E, como numa metamorfose, me transformo dia a dia em uma pessoa cada vez mais ele. Uma borboleta Rubem.

Na parede, a lembrança do que mais nos uniu. Uma folha que achei, ao arrumar as coisas dele, um estudo do *O segundo sexo*, de Simone de Beauvoir. Em um papel antigo, amarelado, sem data, provavelmente arrancado de um caderno, em que ele anotou trechos do livro. Só depois de achar essa anotação fui ler a obra de Beauvoir. Como se ele tivesse deixado propositadamente, para que, mesmo depois de sua morte, eu não me esquecesse nunca do que nos uniu e sempre vai unir, os livros, o estudo.

Requiescet in pace. Fique em paz. Está (quase) tudo bem.

An meine Lieben:
Às queridas e aos queridos:

Flávio Tavares, pelo
exemplo e sensibilidade,
für das Vorbild *und seine*
Feinfühligkeit.

Alexandre Staut
pelos sonhos
compartilhados,
für die gemeinsamen
Träume.

Bebel, Carol, Bella, Juju, Lena und Téo
e mais uma vez para, und noch einmal
Victor und Arthur, *pela vida que segue,*
für das Leben, das weitergeht.

Meu muito
obrigada

Leonardo Tonus, *por ser meu*
professor de vida e de coragem,
für das Professorsein des Lebens.

Crianças da minha
vida, die Kinder
Gabriel, Luiza,
Yolanda, Rapha, Leo,
Levi, Ava, Pablo,
Thales e Theo, Olivia,
Emma, Clara, Rafa,
Leozinho, Vinicius,
Pedro, Maria,
Gugu, Bruno

E claro, und natürlich Bianca Ramoneda
& Gilvan Coêlho, *por tanto afeto e apoio*
24 horas. Com vocês, tudo é sempre
bem melhor, für die Zuneigung und die
24-Stunden-Bereitschaft. Mit Euch ist
immer alles viel besser.

Rosana *&* Andrea,
meine Schwesterherzen,
sem vocês, não haveria infância,
ohne Euch hätte es keine
Kindheit gegeben.

Às queridas e aos queridos:
An meine Lieben:

Herzlichen Dank

Matthias, Victor *und* Arthur,
pelo brilho nos olhos toda
vez que eu contava o próximo
passo. Infinito amor por vocês.
für die funkelnden Augen, jedes
Mal, wenn ich den nächsten
Schritt erzählte. Einfach
unendliche Liebe für Euch.

Regina, *minha mãe, meine Mutter*
& Geraldo, *pela torcida, für den Jubel.*

Wolfgang Kunath, *pelo passado*
jornalístico e futuros encontros,
für die journalistische Vergangen-
heit und zukünftige Treffen.

Lilli-Hannah Hoepner, *pela bela tradução*
e por ser uma amiga do coração,
für die talentierte Übersetzung und
die Herzensfreundschaft.

Andrea Botelho, Bianka Hamann, Carla Falcão,
Guilherme Skinner, Israel Valente, Juliana Canedo,
Marcio Damasceno, Maria Morais,
Maria Paula Gonçalves, Rebecca Roloff,
Roberta Pennafort, Ronni Maciel, Samantha Dearo,
Sarah Mischke, Wilson Gotardello *&* Herr Nilsson,
pela amizade nos bons e maus momentos da vida,
für die Freundschaft in guten und schlechten Zeiten.